EQUIN
LE CHÂTEAU DU GUEF
LE LAC CHAUDRONNEUX
LE CIMETIÈRE DE SAGREMOR
LA MONTAGNE DE GADEL
LES SABLES MOUVANTS
LA LANDE GARENNE
LE VILLAGE DE FORCELOR

Les Maléfices d'Halequin

AVERTISSEMENT AU LECTEUR

Les mots sont magiques ! Ils se métamorphosent, changent de sens et d'apparence ; des nouveau-nés voient le jour au détour d'une rue, des ancêtres que l'on croyait enterrés pointent soudain le bout de leur nez. Le beau parleur est charmeur, envoûteur alchimiste ou apprenti sorcier. Les mots enchantent nos oreilles, ils sortent des chapeaux, des chaudrons et des vieux grimoires pour venir aussitôt s'accrocher à nos langues bien pendues.

Alors, lecteur, si tu as envie de t'amuser un peu et d'apprendre quelques tours, suis-moi dans le grenier de notre langue, page 205, à la recherche de mots oubliés, à la découverte de mots inventés… L'occasion aussi de se souvenir, ensemble, que les mots appartiennent avant tout à ceux qui les utilisent.

Marc Cantin

Illustration : Jean-Emmanuel Vermot-Desroches
Calligraphie du titre : Nathalie Tousnakoff

Conforme à la loi n° 49956 du 16 juillet 1949 sur les publications destinées à la jeunesse.
ISBN 209250279-4

Les Maléfices d'Halequin

TOME 1

L'ŒIL DE BÉZOARD

MARC CANTIN

Nathan

1.
JOYEUX FOSSOYEURS

Le cimetière de Papemort n'était pas un endroit des plus accueillants. Surtout la nuit. Dès le coucher du soleil, une brume épaisse envahissait cet inquiétant domaine. Été comme hiver. Même les jours de grand vent. Rien ne pouvait chasser ce rideau opaque, obstiné et ponctuel. Le brouillard s'élevait des tombes et dessinait autant d'âmes échappées de cette terre dévoreuse de corps.

Le cimetière, situé à l'extérieur de la cité, devenait alors un lieu isolé, abandonné et funeste, à l'origine des pires croyances et de folles superstitions.

Personne n'aurait eu l'idée saugrenue de s'y aventurer après la tombée du jour.

Cette nuit-là, pourtant, une silhouette haute et maigre, laissant flotter derrière elle un long manteau, avançait dans les vapeurs grises et nébuleuses. Elle se faufilait sous les vieux chênes, dont les formes assombries transformaient la moindre branche en doigt crochu. Elle longeait les pierres tombales aux inclinaisons lugubres, glissait dans le dos des croix qui servaient de perchoirs à quelques ulûlûlares aux aguets.

Une ombre pressée... suivie d'une seconde, encore moins rassurante et reconnaissable entre toutes : une fragone fouette-queue de la pire espèce, vile et sournoise. Ce lézard géant de vingt pieds de long, à la démarche sinueuse, au ventre bedonnant et au dos rebondi hérissé de piques jusqu'au bout de la queue, agitait en tous sens sa tête aux contours hideux.

Avec une détermination qui n'avait rien de pieux, les deux ombres gravirent le tertre qui s'élevait au centre du cimetière. Une fois au sommet, elles s'immobilisèrent au pied d'une imposante croix couverte de lierre. Une sépulture vieille de deux siècles : celle du pape Ébenit, le fondateur de cette cité, baptisée Papemort en son honneur après son décès.

La fragone se tortilla d'impatience.

Son maître pointa un doigt vers la stèle et ordonna :

– Creuse !

La bête bondit, la langue pendante. Pour elle, profaner une tombe présentait le même intérêt que d'ouvrir un garde-manger. Ses griffes crissèrent insupportablement sur la pierre tombale ; des criailleries stridentes à s'en briser les dents. La fouette-queue compensait son manque d'esprit par une volonté féroce de parvenir à ses fins. Elle trouva bientôt une prise et souleva la plaque de marbre ; cette dernière semblait aussi légère qu'une feuille chassée par le vent. Elle retomba pourtant lourdement sur le côté en marquant le sol de son empreinte.

La fragone reprit son macabre travail avec un enthousiasme accru. Elle labourait, grattait, fossoyait la terre. Des mottes énormes s'envolaient derrière elle. Un monticule se formait à cinq ou six pieds de sa queue au fur et à mesure que le trou s'agrandissait. La tête et les pattes avant de l'animal y disparurent. Il ne restait à l'extérieur qu'un énorme postérieur, surmonté d'une queue fouetteuse. Le monstre libéra ses intestins de quelques gaz encombrants, comme à chaque fois qu'il se trouvait dans une position inconfortable et un état d'excitation avancée. Son maître s'approcha au même moment pour constater l'avancée des travaux, et grimaça d'écœurement :

– Retiens tes ventosités, sac à punaisie ! rugit-il en lui bottant le derrière.

Le coup de pied à cet endroit n'arrangea guère les cafouillages digestifs de la fragone, si bien que son maître, au bord de l'asphyxie, fut contraint de s'éloigner.

Mais ces menus détails n'empêchaient pas l'ignoble lézard de poursuivre assidûment sa tâche d'exploration. Aux mottes projetées dans les airs se mêlèrent bientôt des morceaux de cercueil, puis des restes d'os brisés.

– Arrête ! s'écria le maître... Sors de là, sale bestiare !

La silhouette humaine s'agitait, les poings levés en signe de colère. Sa main droite reflétait les rayons de lune comme si elle était recouverte d'argent. Les cinq doigts effilés se dressèrent vers le ciel... Des lames de couteau n'auraient pas brillé davantage. L'homme les enfonça dans la croupe dodue de la fragone. Le monstre hurla de douleur et abandonna piteusement le trou, la gueule débordante de fémurs, de côtes et autres os terreux. Il s'aplatit et se mit à ramper devant son maître, en prévision de la correction qui l'attendait. Mais ce dernier se contenta d'un regard sévère et, sans attendre, descendit à son tour dans la fosse.

2.

BIENVENUE À FORCELOR

En pénétrant dans le village de Forcelor, le premier réflexe du chevalier Arthur fut de se boucher le nez. Si son fier destrier blanc avait pu en faire autant, il n'aurait pas hésité un instant.

– Au nom de Dieu ! pesta Arthur. Comment une telle empuanterie est-elle possible ?

Forcelor n'avait rien de comparable avec les lieux qu'il avait connus depuis sa naissance. En quinze ans d'une vie dévouée aux apprentissages de la chevalerie, jamais il n'avait côtoyé tant de misère. Il faut dire que cet endroit réunissait tout ce que l'on pouvait trouver de pire en ce bas monde. Dans ces rues étroites et tortueuses, le soleil pénétrait avec peine, comme s'il n'osait pas éclairer tant d'infortune. Des loqueteux et des infirmes s'y pressaient, la main tendue, sachant pourtant qu'ils avaient plus de chances de recevoir un coup de pied au derrière qu'une petite pièce. Les passants impitoyables, furieusement austères, allongeaient le pas pour traverser ces venelles, où des ruisseaux aux teintes urinaires décrivaient des chemins sinueux entre les pavés et des monticules d'ordures fouillés par des chiens aux côtes saillantes. Ici, les murs des maisons transpiraient l'humidité. Les fenêtres étaient noircies de crasse et les toits de chaume avaient depuis longtemps disparu sous une épaisse couche de mousse dégoulinante.

– Regarde où tu poses tes sabots, conseilla Arthur à sa monture.

Malgré des apparences défavorables, ce village possédait quelques atouts : on pouvait y forger et y affûter ses armes, y trouver des provisions, s'y soigner et y dénicher quelques compagnons d'expédition. Forcelor, repaire de choix des baroudeurs et mercenaires assoiffés de trésors, était aussi le dernier bastion humain avant la forêt d'Halequin, une ultime étape avant de pénétrer dans les territoires du Nord, sauvages et mystérieux, aux limites inconnues, qui regorgeaient de dangers autant que de richesses.

Pour Arthur aussi, Forcelor était sa dernière halte.

– Hé ! Messire. Vous cherchez un paillis pour la nuit ?

Arthur porta la main à la garde de son épée.

La jeune fille qui s'adressait à lui était peut-être de deux ou trois ans sa cadette. Elle aurait donc pu être mariée, ou promise par son père à un paysan de la région. Mais le son de sa voix, son regard déterminé et ses longs cheveux bruns réunis en une épaisse tresse indiquaient clairement qu'elle n'appartenait pas à cette catégorie. Ni à celle des mendiantes. Enveloppée dans une longue pelisse, le visage étoilé par deux yeux en amande, elle était adossée à un mur crasseux au colombage incertain.

– Si vous venez quérir l'aventure, chevalier, alors bienvenue à Forcelor ! dit-elle en s'avançant. Mais lâchez donc votre épée. Comme vous pouvez vous en rendre compte, il m'est impossible de vous faire grand mal.

D'un brusque mouvement des épaules, elle écarta les pans de son manteau, fermé uniquement au col à la manière d'une cape. Arthur constata avec stupeur que cette jeune fille n'avait pas de bras !

– Que... Que vous est-il arrivé, pauvresse ? demanda-t-il en esquissant malgré lui un mouvement de recul.

– Des talemasches, lança-t-elle en guise d'explication. Ces nabots commencent toujours par vous dévorer les bras. Ainsi, vous ne pouvez plus vous défendre. Et croyez-moi, ils ont un appétit peu commun. Si mon compagnon d'armes n'avait pas été aussi gras, juré, je ne serais jamais ressortie de leur grotte.

Elle racontait son histoire avec une pointe de fierté, le menton levé, les yeux pétillants, le regard assoiffé d'aventure.

– C'est... terrible, compatit Arthur.

– Il me reste mes jambes, messire. Ce sont elles qui m'ont sauvé la vie. Et si vous cherchez un guide, je suis celle qu'il vous faut. Je connais la forêt d'Halequin comme le fond de mes bottes.

– Eh bien... Ce serait avec plaisir... Mais pour l'instant, je cherche surtout un endroit où manger. Pourriez-vous m'indiquer une bonne table dans cette si charmante province ?

La jeune fille parut déçue que sa proposition ne retînt pas davantage l'attention, mais elle n'était pas du genre à se décourager. Elle redressa la tête et conseilla sans hésiter le chevalier :

– La Taverne d'Or, Messire. Le meilleur cuisinier de la région y officie. Il est laid, petit et crotteux, mais ne vous fiez ni à son apparence, ni à son jeune âge : si vous avez de quoi payer, vous y mangerez comme un roi.

Pour la remercier de ce conseil, Arthur voulut jeter un écu à cette malheureuse, bien qu'il ne vît pas de quelle façon elle pourrait l'attraper. Il portait la main à sa bourse quand elle bondit à côté de son cheval et lui arracha les rênes avec les dents.

– Ch'n'ai pas bechoin de votre or, grommela-t-elle, la courroie de cuir coincée dans la bouche.

Effrayée, la monture d'Arthur s'agita. Mais la fille avait de la force et du cran. Elle retint fermement les rênes. Arthur, bien décidé à donner une leçon à cette effrontée, saisit la dague accrochée à sa selle. Il eut à peine le temps de la pointer vers son assaillante qu'elle le désarmait, d'un coup de pied incroyablement précis.

La lame se brisa sur les pavés.

– Mon nom est Torelle, dit la jeune fille. Reprenez vos rênes. Je ne cherche ni la chamaille ni la fortune, mais seulement l'aventure. Si vous partez dans la forêt, engagez-moi et vous viendrez à bout de votre quête.

Arthur dévisagea longuement cette fille étrange. Les yeux de Torelle brillaient dans la pénombre de la ruelle. Peut-être était-elle autrefois une valeureuse combattante, entraînée, endurante et habile. Mais aujourd'hui, il était difficilement envisageable d'en faire son bras droit...

– Écoutez, Torelle, je vous promets de contrepenser sérieusement à votre proposition. Mais pour l'instant...

– Je vous accompagne à l'auberge, le coupa-t-elle. Je garderai votre cheval pendant que vous jouerez des mâchoires.

3.
UNE CUISINE RAFFINÉE

– Garwalf ! Il arrive c'te bouillon d'pain ! « Garwalf dépêche-toi. Garwalf viens ici. Garwalf fais ça. » Garwalf en avait plein le dos. Des années qu'il suait sang et eau dans cette auberge de malheur. De jour comme de nuit. Le travail pour seule distraction, une paillasse piteuse et des restes de repas en guise de salaire. Depuis son arrivée dans ce bas monde, douze très longues années, il ne connaissait que ce repaire de brigands. Il pouvait raisonnablement espérer vivre jusqu'à trente ans – à condition toutefois de ne pas succomber de façon prématurée à une épidémie de choléra ou de peste, à une colique persistante, au tétanos, à une fièvre bubonique, à une hémorragie, une gangrène, une vérole ou un empoisonnement alimentaire –, et avait déjà passé presque la moitié de sa vie parmi ces querelleurs en attente de leur prochain combat.

Tous affamés, bien sûr.

Impossibles à rassasier.

– Mon bouillon ! J'ai faim ! s'impatienta Terremote.

– Ça vient ! lança Garwalf du fond de la cuisine.

Cette vie était décidément déprimante. Le chaudron était plein. Et Terremote-le-fou lui cassait plus que sérieusement les pieds. Ce vieillard trentenaire devenait bougon et hargneux avec l'âge. Sa besague parfaitement affûtée à portée de main, il était assis à la grande table, occupant deux places à lui seul et susceptible de provoquer un tremblement de terre à la moindre contrariété. Une force de la nature, et un râleur de première. Un quintal de muscles taillés comme des gourdins et un cerveau plus mou qu'une limace. Une brute qui vous tranchait un gigantrol en rondelles en deux coups de hache, qui vous fendait le crâne d'un grunnire comme on casse une noix et vous décapitait trois ghülls proprement avant de jongler avec leurs têtes.

– Tout doux Terremote. Je vais te l'apporter ta soupe, marmonna Garwalf.

Des barbares.

Des sauvages.

On ne voyait que ça, ici.

Garwalf ne supportait plus toutes ces canailles sans foi ni loi. Au lieu de rester tranquillement chez soi et de fonder une famille, non, ça traversait la Lande Garenne et ça s'enfonçait dans la forêt d'Halequin, du côté des montagnes de Gadel, des grottes aux talemasches, des eaux bourbeuses du Gaschel ou plus loin encore.

« Ça fracasse les portes des vieilles tours et ça fouille les châteaux en ruine, résuma Garwalf pour lui-même, ça s'engouffre dans la première caverne venue, ça occupe son temps à batailler, à charpir, à décerveler. Et ça revient à Forcelor avec une moitié de bras en moins se faire circurgier, ça passe à l'auberge enventrer le contenu de mes chaudrons et ça repart sitôt après avoir cicatrisé... Des malades. »

– Garwalf ! Faut que j'vienne le chercher c'te bouillon, s'énerva Terremote.

« T'inquiète pas, tu vas bientôt être servi... Rrrrick... Slurps ! »

Garwalf se redressa et regarda avec satisfaction la glaire brillante qui flottait à la surface du potage. Un petit coup de cuillère et le mélange fut assaisonné à point.

– Le bouillon de Terremote, dit-il en tendant le large bol à Vialyne.

La serveuse de la Taverne d'Or lui adressa un sourire complice et repartit dans la salle.

– Pas trop tôt, râla Terremote... Humm ! Excellente cette mangeaille !

– Et mon lardier ! On me le sert quand ? protesta aussitôt Terneck, attablé au comptoir.

Garwalf retira le morceau de viande luisant de graisse de la cheminée et le déposa dans un plat en fonte. Il ajouta quelques oignons grillés et une généreuse louche de sauce de foies de volailles écrasés. Quand les clients se jalousaient, les choses pouvaient vite mal tourner. Garwalf en avait déjà fait l'expérience, et il quitta lui-même la cuisine pour servir Terneck.

– Ha ! Ha ! Cette sauce me rappelle la face d'une gargote qui s'était mis en tête de m'avaler. La seule chose qu'elle ait goûtée, c'est ma masse d'armes ! Et ça a été son dernier repas ! Ha ! Ha !

Garwalf détestait Terneck, sa mine joviale et son sourire édenté. Un mercenaire de dix ans son aîné, plus large que haut. Un sale vaniteux toujours accompagné de deux apprentis palefreniers avides de ses histoires.

– Écoute ça, Garwalf, reprit-il. Il y a deux jours, j'étais sur la piste d'un ours des montagnes. Un sacré morceau, haut comme le plafond, parfait pour me confectionner un nouveau manteau, une couverture et des bottes. Je trouve sa repostaille près de la Tour aux Sept-Œil. Je le coince au pied de la falaise. Je m'apprête à lui froissier le crâne d'un coup de masse, quand j'entends un grognement derrière moi. Je me retourne. Mon ours en profite pour se galoper et je me retrouve nez à nez avec l'ogre de la tour. Trois fois ma taille. Des yeux pires que des braises et des dents comme des croches.

Garwalf, accoudé au comptoir, singea la mine subjuguée des deux palefreniers.

– Comme des croches ? répéta-t-il.

– D'au moins six pouces chacune, continua Terneck. J'ai

esquivé la première attaque et j'ai sorti mon épée. Au deuxième assaut, je me suis glissé entre ses jambes, et une fois derrière lui, j'ai sauté sur son dos ! Là, ses poignes ne pouvaient plus m'atteindre. Alors j'ai escaladé mon ogre et en deux coups de lame, chlak ! chlak ! Je lui ai tranché les oreilles ! Tu peux me croire qu'il a détalé sans demander son reste !

– Des fableries, marmonna Garwalf. Je parie qu'il t'a laissé lui couper les oreilles pour que tu arrêtes de les lui casser...

– Quoi ? Que marmoses-tu, Garwalf ? demanda Terneck d'un air soupçonneux.

– Moi ?... Je disais que tu aurais dû me rapporter ses oreilles. Je te les aurais volontiers cuisinées.

– Ha ! Ha ! Sacré Garwalf !

Et sous l'œil bienveillant des deux palefreniers, Terneck saisit son morceau de viande à pleines mains et y planta ses dents.

– Mordieu ! Ce lardier est délicieux ! lâcha-t-il en essuyant son menton graisseux sur son avant-bras.

D'un signe de tête, Garwalf indiqua qu'il accordait l'attention qui convenait à ce fin compliment. Puis il retourna à ses fourneaux.

– Quel crétin, ce Terneck, lui glissa Vialyne en chargeant son plateau de cruches de vin.

Gentille Vialyne.

Douce Vialyne.

Les yeux de Garwalf s'attardèrent un instant sur sa silhouette gracieuse et sa croupe rebondie.

Fauchelor ne s'y était pas trompé. La nouvelle serveuse, recrutée par ses soins l'hiver dernier, avait tout pour plaire aux clients : un corps généreux, une longue chevelure rousse, un visage éclairé par un sourire accueillant...

« Elle sert ces ours comme si c'étaient des princes », songea Garwalf.

Il demeura un instant appuyé contre l'encadrement de la porte de la cuisine, rêvant sans retenue. Il s'imaginait en prince, oubliait que la serveuse était de trois ans son aînée. Il s'évadait, flottait dans les images évanescentes de ses pensées : Vialyne lui prenait la main et, ensemble, ils couraient par les chemins dans des paysages verdoyants, jusqu'à une petite ferme cachée au fond d'une vallée, et...

– Garwalf ! Le ragoût de truie est prêt ?

La voix railleuse de son patron le sortit de ses rêves.

– Les prêtres et les mages sont à table dans la salle de réception. Ils s'impatientent !

« Fauchelor. Ce vieux nain célibataire et éternellement grincheux, obsédé par les pièces et tellement avare qu'il n'ose pas cracher de peur d'avoir soif. Toujours une bonne raison de se plaindre. Jamais content. Jamais assez d'écus dans sa bourse. »

– C'est presque cuit, répondit le jeune cuisinier. J'apporte le plat tout de suite.

Garwalf essuya ses mains velues sur son tablier crasseux. Ses poils étaient l'une des caractéristiques majeures du cuisinier. Malgré son jeune âge, ils recouvraient non seulement ses mains, mais également une bonne partie de son visage. Et Garwalf ne s'appliquait aucunement à ordonner cette pilosité hirsute.

– Quelle vie, se lamenta-t-il. Mais quelle vie. Même une chienaille n'en voudrait pas.

La porte de l'auberge s'ouvrit encore. Quatre nouveaux clients : des elfes rouges, cette fois. Ils inspectèrent la salle d'un rapide coup d'œil et s'installèrent au bout d'une table.

S'il y avait bien des clients que Garwalf ne supportait pas, c'était les elfes. Quand ils quittaient leur fief au nord de la forêt, ce n'était que pour promener leur prétention et leur arrogance, tant ils se croyaient supérieurs aux humains et aux Halequins.

– Bonjour, brave Fauchelor ! Lancèrent-ils d'une même voix mielleuse.

Le patron de l'auberge les accueillit avec mille courbettes, sans perdre de vue leur bourse ventrue.

– Les elfes, soupira Garwalf, faut vraiment se les farcir.

– Moi, je les trouve plutôt gentils, le contredit Vialyne en venant remplir ses cruches aux imposants tonneaux disposés derrière le bar. Ce ne sont pas des vauriens. Ils luttent pour le Bien.

– Ah ! J'avais oublié ! Ces messieurs sont l'incarnation du Bien, ironisa le cuisinier. Ils trucident, transpercent et découpent comme les autres, mais c'est pour le Bien... Et mes fesses, elles sont bonnes ?... Surtout bonnes à se faire botteculer par Fauchelor !

– Cesse de médire, sourit Vialyne. Et va terminer ton ragoût. Pendant ce temps, j'irai servir nos amis les elfes.

Douce et innocente Vialyne.

Toujours prête à rendre service.

Le ragoût de truie pouvait bien attendre, Garwalf s'en moquait. Les prêtres et autres lanceurs de sorts patienteraient en compagnie des hérissons farcis servis en entrée. Pendant ce temps, il laissait Vialyne mettre un peu de piquant dans sa vie. Les coudes plantés au bout du comptoir, le menton agréablement calé sur la paume de ses mains, il savourait le déhanchement de la serveuse qui traversait la salle. Lorsqu'elle se pencha au-dessus de la table pour remplir les coupes des elfes bons buveurs, il se régala de son généreux décolleté... Et remarqua par la même occasion qu'il n'était pas le seul à en profiter.

« Hé, hé ! Ces abrutis d'elfes défendent peut-être le Bien, mais en attendant, ils se rincent allégrement l'œil ! »

– Belle damoiselle, n'est-il pas ? lui souffla une voix à l'oreille.

– Joli morceau, tu veux dire, répondit Garwalf sans réfléchir.

– Je suis certain que ces mots sont loin de décrire ce que ressent vraiment ton cœur, reprit la voix.

Garwalf se retourna brusquement. Un jeune homme, installé au comptoir, lui souriait aimablement. Il portait une chemise blanche, un catogan, des cuissardes... Un élégant chevalier à n'en pas douter. Garwalf en voyait rarement à l'auberge.

Ils étaient pour la plupart trop hautains pour fréquenter les lieux. Mais celui-ci, particulièrement discret, semblait bien s'adresser à lui… Il s'approcha et brandit son verre sous le nez du cuisinier.

– Je t'en offre un ? proposa-t-il.

– C'est bien la première fois de ma vie qu'on veut m'offrir quelque chose, répliqua Garwalf. Même ma mère ne m'a jamais offert ses mamelles !

– Il faut un début à tout, insista le chevalier. Partageons une gervoise et discutons un peu.

Garwalf haussa les épaules. Que voulait cet homme ? Était-il seulement chevalier ?… Un peu juvénile et pas très épais, à bien y regarder. On racontait qu'il leur fallait sept années d'entraînement avant d'être adoubés : ce client avait un goût pour la plaisanterie.

– J'ai de la besogne, grogna Garwalf.

Et il retourna à la cuisine s'occuper de sa truie.

« Elle, au moins, pensa-t-il, elle se tait. »

4.

UN CHEVALIER DE HAUTE LIGNÉE

Les prêtres et les mages avaient terminé leur repas. Gavés de viande et de vin, ils éructaient joyeusement en quittant l'auberge de Fauchelor. Dans un coin de la salle de réception, le tenancier comptait et recomptait ses pièces. C'était l'unique moment de la journée où il ne pensait pas à quereller son personnel. Garwalf, seul dans sa cuisine, en profita pour gratter le fond des chaudrons. À son tour de se régaler : il étala avec application des morceaux de graillons sur une tranche de pain noir. Il y ajouta les restes de cervelle de truie, attendit que la graisse imprègne la mie...

Et engloutit !

– Mmm ! Dé'icieux !... Mmme'cellent...

– Il te reste quelque chose à manger ?

Garwalf sursauta. Sa dernière bouchée se coinça dans sa gorge :

– Eurk ! Eurk !

...Et s'écrasa aussitôt régurgitée à ses pieds.

– Par le fessier de mes aïeux ! J'ai failli m'étouffer ! s'écria-t-il.

– J'en suis confus, s'excusa le chevalier en repoussant la porte de la cuisine. Je ne voulais pas t'effrayer.

– Mais... Mais que faites-vous ici ?

– Ton amie Vialyne m'a assuré que tu trouverais de quoi calmer ma faim. Elle a ajouté que tu étais un cuisinier bien formé.

– Elle a dit ça ?

– Sur mon honneur.

– Bien formé ?

– Mot pour mot.

– Elle plaisantait.

– Nenni ! Elle semblait au contraire très fière de travailler avec toi.

Pensif, Garwalf observa un instant le rat qui s'approchait prudemment du reste de tartine abandonné par terre. En toute modestie, il devait admettre qu'il était doué pour la cuisine. Certaines de ses recettes rencontraient un succès certain : ses cuisses de barbelotes avaient forgé sa réputation et son chapon à la broche arrosé de verjus en rassasiait plus d'un... À sa connaissance, le seul client qui n'avait pas terminé son assiette était celui qui avait eu l'idée saugrenue de traiter Terremote de « croupion de bastardon » à la moitié de son repas. Mais si sa tête n'était pas tombée sur ses genoux, il y a fort à parier qu'il aurait fini son bouillon de pois aux rognons.

– Une tartine graillons et cervelle, ça vous irait ? demanda Garwalf.

– Parfaitement ! s'exclama le chevalier, avec le même entrain que si on lui proposait un gigot de chevreuil.

Enhardi par la faim, le rat en oubliait la prudence. Il touchait presque au but quand Garwalf, d'un coup de pied énergique, l'envoya valser avec son butin. Au terme d'un gracieux vol plané, l'animal et le croûton atterrirent dans la cheminée. Satisfait, le jeune cuisinier retourna gratter ses chaudrons pour récupérer de la graisse brûlée et les derniers morceaux de cervelle, indifférent aux efforts du rat pour éteindre l'incendie qui se propageait dans son pelage.

– Tenez, je vous mets deux tranches l'une sur l'autre. C'est plus facile à manger et vous ne salirez pas votre jaquette.

– Par le nom de Dieu ! C'est extrêmement ingénieux ! s'écria le chevalier. Je pressentais que tu étais un garçon esprité, mon cher Garwalf.

– Comment connaissez-vous mon nom ?

– Tout le monde te connaît à Forcelor. Et il suffit, pour te dénicher, de demander le meilleur cuisinier du village.

Garwalf gloussa :

– Évidemment ! Il n'y a pas d'autre taverne !

– Cette modestie est tout à ton honneur. Mais je t'assure, ta renommée commence à faire écho.

– Et vous êtes sans doute venu jusqu'ici pour goûter ma tambouille ? ironisa Garwalf.

Pour toute réponse, le chevalier lui sourit malicieusement.

– Vous venez d'arriver dans la région ? reprit Garwalf. Je ne vous ai jamais vu par ici.

– Mon nom est Arthur De Baldaquin, déclama alors le chevalier en posant la main droite sur sa poitrine. Fils du roi Vassor De Baldaquin.

Les sourcils velus de Garwalf remontèrent sur son front. Le roi Vassor ! Le maître de Papemort, dont les terrages s'étendaient jusqu'à Forcelor ! Son fils, ici, dans sa cuisine crasseuse !

– Vous n'avez pourtant pas la semblance d'un chevalier, objecta Garwalf. Vous êtes davantage bâti au sable qu'à la chaux.

– Toi-même, tu n'as pas l'allure d'un grand cuisinier, lui fit remarquer Arthur. Les apparences sont parfois trompeuses.

Garwalf admit que sa mine n'ouvrait pas l'appétit ; sur ce point, le chevalier avait raison. Mais il insista :

– Si vous êtes bien le fils du roi, que venez-vous quester dans ce trou à rats ?

Arthur s'approcha du jeune cuisinier. Du haut de ses quinze ans, il prit un air tutélaire, jeta un coup d'œil à gauche, à droite et dit à mi-voix :

– Sais-tu garder un secret ?

– Comment le saurais-je ? avoua Garwalf. On ne m'en a jamais confié !

– Cette réponse est une preuve de ton honnêteté, se réjouit Arthur. Je sens que je peux te faire confiance.

– Je n'ai en effet aucune raison de me conduire en vilain à votre égard, admit Garwalf.

Le chevalier considéra le garçon avec respect. Il se rapprocha encore et chuchota :

– Mon père est un piètre économe. Son imposant château et sa redoutable armée le conduisent à la ruine. Les collectes d'impôts ne suffisent plus à remplir les coffres pour payer les soldes et toutes les dépenses de sa cour. Après avoir connu l'opulence, la cité court à sa perte !

– J'en suis peiné, compatit ironiquement le cuisinier.

– Heureusement, à la dernière lune, un vieux moine a remis à mon père un parchemin conservé dans l'église de Papemort. Ce document, que les prêtres se transmettaient de génération en génération, ne devait être ouvert qu'en cas de grande nécessité. Il révélait que le pape Ébenit, fondateur de notre cité, a caché un trésor avant de mourir, il y a deux siècles.

– De l'or ?

– Mieux encore. Un coffre rempli de prasmes, de jaconces, de cocrisces et d'autres pierres précieuses. Une véritable fortune, destinée à sauver Papemort si un jour la cité se trouvait en difficulté. Le parchemin précise que le pape a lui-même gravé la carte de ce trésor, sur l'Œil de Bézoard pendant son agonie.

– L'œil de qui ?

– C'est le nom donné au bouclier de ce pape. Son pavois, orné d'une pierre noire en son centre, ne le quittait jamais. Il avait le pouvoir de guérir des morsures de vipres et autres empoisonneurs. Il suffisait de frotter la plaie contre le bouclier.

– Personnellement, je préfère une bonne saignée et une succion, marmonna Garwalf.

Imperturbable, Arthur poursuivit :

– Les coffres à écus de Papemort sonnant creux, mon père voulait à tout prix mettre la main sur l'Œil de Bézoard, puis sur le trésor, afin de les renflouer. Après avoir étudié le parchemin, il en a déduit que le pape s'était certainement fait enterrer avec son bouclier. Hélas, le secret n'a pas été bien gardé et Mortemain, le sorcier d'Halequin, s'est montré plus rapide que mon père. Des soldats l'ont en effet aperçu qui s'enfuyait du cimetière de Papemort, après avoir pillé la tombe du pape. À présent, il a dû regagner l'immense forêt d'Halequin et son château du Guef.

– Belle histoire, commenta Garwalf. Et pourquoi votre père n'envoie-t-il pas son armée jusqu'au château pour bastoner ce sorcelier et reprendre le bouclier ?

– Trouver ce château n'est pas chose aisée. De plus, la forêt n'est pas un terrain facile pour une armée. Mortemain serait vite prévenu de son arrivée. Il aurait tout le temps de se réfugier ailleurs. Il faut le prendre par surprise.

– Vous allez donc vous enfoncer dans la forêt jusqu'au château du Guef et vous embesognier de récupérer ce bouclier ?

– Et tu vas venir avec moi, ajouta Arthur.

Les sourcils de Garwalf sursautèrent une nouvelle fois. Il se gratta l'intérieur des oreilles et dit :

– Pardon ? Mes cavernes sont tellement poilues qu'il m'arrive de malentendre.

– Tu m'as très bien compris. Tu vas devenir un noble et vaillant héros.

– Ça risque de prendre du temps, prévint le jeune cuisinier.

– Fi de ta modestie, mon ami. Tu te fourvoies dans cette taverne depuis trop longtemps.

– Faut bien gagner son croûton, objecta Garwalf.

– J'ai besoin d'un homme d'intendance pour m'accompagner dans ma mission, continua le chevalier. Tu t'occuperas de la mangeaille et des chevaux. Et la récompense que nous donnera le roi pour ce bouclier sera mille fois supérieure à ce que tu pourrais gagner ici en toute une vie.

– Je préfère être pauvre et bien soignant, répliqua Garwalf. Je ne vous ai pas attendu pour survivre en ce bas monde, et celui qui me fera entrer dans la forêt n'est pas né.

Arthur De Baldaquin afficha une moue contrariée.

Garwalf haussa les épaules. « Un noble et vaillant héros ! Entrer dans Halequin pour corriger le sorcier le plus redouté de la forêt ! Quelles foutaises !... »

Il retourna à ses fourneaux pour mieux oublier toute cette affaire.

Dans un coin de la cheminée, le rat aux poils roussis tentait de sortir habilement la tartine fumante des braises.

– Et Vialyne ? lança Arthur.

– Comment ça, Vialyne ?

– Je suis convaincu qu'elle serait davantage sensible à tes charmes si tu pouvais lui narrer quelques exploits héroïques.

– À mes charmes ? Auriez-vous des hallebardes dans les yeux, messire Arthur ? Ma mère s'est fourvoyée avec une pochetée de gnomes velus. Sept marchands ambulants de passage en ville. Ils se sont arrêtés à la Taverne d'Or, lui ont promis qu'elle deviendrait leur reine, et qu'elle profiterait de leurs richesses : le lendemain matin, ils avaient disparu ! Personne ne les a jamais revus ! Tout ce qu'ils m'ont laissé en souvenir, c'est ma modeste taille, et ces grosses touffes de poils qu'on appelle d'ordinaire des sourcils... Et je préfère ne pas nommer les autres endroits où se manifeste ma pilosité !

– Tu dramatises, Garwalf...

– Je quoi ? À ma naissance, j'étais une boule de poils. Quand ma mère m'a vu, elle a aussitôt fait son baluchon et a quitté son emploi de cuisinière à l'auberge en m'oubliant malencontreusement sur un banc. Je dramatise ? Si cette vieille peau de Fauchelor ne m'avait pas mis à l'abri, ses clients, qui me prenaient pour un jeune loup-garou, m'auraient crabacié sous leurs bottes.

– Fauchelor est un saint homme...

– Un saint ? Ce vieux célibataire endurci ne m'a pas adopté : il m'a embauché ! Tout ce qu'il a vu en moi, c'est une main-d'œuvre peu coûteuse et prometteuse. Ce nain a une bourse à la place du cœur. J'aurai bientôt le dos voûté et la face cramoisie à force de touiller ses fichus chaudrons. Alors pour ce qui est de mes charmes, vous repasserez...

– Tu pourrais te rognier la barbe, reprit Arthur. T'acheter de beaux vêtements, tresser tes cheveux, faire un peu d'exercice. Allez, redresse-toi... Oui, c'est déjà mieux. Et puis tu es en âge de te marier. Avec quelques récits héroïques et l'assurance d'une bonne situation, Dame Vialyne te tomberait dans les bras. Tu peux me croire.

Garwalf esquissa un demi-sourire, plus ironique qu'enthousiaste. Même s'il était tenté de rêver, d'oublier un peu cette vie cauchemardesque, il devait garder les pieds sur terre. Le chevalier, c'était l'autre. Pas lui.

Il considéra le rat, qui tournait à présent sur lui-même pour tenter d'éteindre sa queue enflammée, comme si la vue des malheurs de l'animal pouvait l'aider à réfléchir.

– Nous serons de retour dans deux jours, reprit Arthur.

– Trop dangereux. Je n'ai pas envie de me faire esmochier par ce sorcelier.

– Je me charge de Mortemain. Et j'ai un compagnon d'armes qui nous accompagnera.

– Est-il fort à bras ? Robuste à souhait ? Bien charpenté ?

– C'est un valeureux combattant, expérimenté et vertueux.

Cette fois, Garwalf réfléchit plus sérieusement. C'était tout de même le fils du roi qui se tenait en face de lui. Cela méritait peut-être qu'ils y pensent à deux fois.

– Je n'aurais qu'à m'occuper de la mangeaille et des chevaux ? demanda-t-il.

– Trois écus par jours. Et le tiers de la récompense que nous octroiera mon père.

– Trois écus !

– Ce n'est pas assez ?

– S... Si !

– J'ai besoin d'un homme de confiance et de talent pour cette expédition. Point d'exploit le ventre vide. Allez, viens avec moi.

– J'y penserai, lâcha Garwalf.

– Fort bien ! se réjouit le chevalier.

– J'ai seulement dit que j'y réfléchirais !

Arthur termina sa tartine avec le sourire.

– Laisse tomber ton patron et rejoins-moi demain à la première heure, à la sortie de la ville, chez le forgeron. Il y aura un cheval pour toi.

Arthur De Baldaquin salua Garwalf, quitta la cuisine, posa une pièce de bronze sur le comptoir et sortit de la taverne.

Garwalf fronça ses sourcils épais et ses yeux disparurent presque entièrement. Fauchelor ne consentirait jamais à se passer de ses services durant deux jours. C'était fabulation de croire cela.

Et puis, l'aventure, ce n'était pas pour un vulgaire cuisinier comme lui.

À chacun sa vie.

Garwalf jeta un seau d'eau dans la cheminée. Les bûches s'éteignirent dans un soupir aigu, au grand soulagement du rongeur.

5.

LES DOUX YEUX DE VIALYNE

Vialyne ne tarda pas à rejoindre Garwalf dans la cuisine.

– Ce chevalier bien appris, d'où venait-il ? Que voulait-il ? Qu'a-t-il dit ? De quoi avez-vous parlé si longuement ?

Garwalf répondit patiemment à toutes ses questions ; il était toujours agréable de discuter avec Vialyne.

La serveuse montra un vif intérêt pour la proposition du chevalier Arthur :

– Trois écus et la moitié de la récompense offerte par le roi ! s'exclama-t-elle.

– C'est ce qu'il m'a promis, confirma Garwalf.

Vialyne, pourtant plus grande que le jeune cuisinier, le contemplait soudain comme s'il avait la taille d'un géant.

– Tu vas devenir un homme riche, dit-elle en détournant les yeux. Toutes les femmes de Forcelor voudront un mariement avec toi.

Pour la première fois de sa vie, Garwalf bénit les poils qui couvraient son visage et cachaient son émoi.

– J'espère que tu ne m'oublieras pas, ajouta timidement Vialyne.

– J... jamais je ne pourrai t'oublier, bafouilla Garwalf.

Il n'avait pas encore décidé d'accepter la proposition du chevalier que déjà, Vialyne l'élevait au rang de héros, de valeureux aventurier dont elle vantait avec générosité le courage. Elle était fière de compter pour ami un garçon aussi téméraire.

Garwalf sut néanmoins rester humble :

– Oui... Enfin, tu sais, je m'occuperai seulement des chevaux et de la mangeaille...

Sa modestie ne fit qu'accroître l'admiration de Vialyne :

– J'ai hâte que tu reviennes me conter tes belles aventures, murmura-t-elle en se rapprochant de lui.

Si près qu'il sentit la douce odeur de sa peau, plus savoureuse qu'un fumet de lièvre. Il aurait volontiers goûté les perles de sueur qui étoilaient le creux de son cou et caressé ses épaules nues, si blanches, qui illuminaient la pièce crasseuse où ils se trouvaient.

Garwalf ne sentait plus le sol sous ses pieds.

– Cette nuit, je songerai à toi, lança Vialyne en quittant la cuisine.

Sa voix fit sonner les chaudrons.

Après le départ de la serveuse, Garwalf demeura immobile un très long moment, les bras ballants. Il était déjà tard, mais il se savait incapable de dormir. Son cœur galopait dans sa poitrine. Son esprit répétait chaque mot de Vyaline. Plongé dans ce rêve éveillé, comment aurait-il pu trouver le sommeil ?

Il rejoignit cependant sa paillasse dans l'arrière-cuisine, où il demeura allongé, les yeux grands ouverts. Il fixait le plafond, car c'est tout ce qu'il y avait au-dessus de lui. Des images idylliques, parfois voluptueuses ou ardentes, défilaient entre les poutres noircies par les fumées chargées de graisse. Les mouches s'y collaient parfois. Mais leurs ultimes bourdonnements ne pouvaient le distraire de ses songes.

Cela dura plusieurs heures sans que le temps ne lui semble long.

Puis le jeune cuisinier se leva.

Le soleil, lui, dormait toujours.

Pour s'occuper jusqu'à l'heure du rendez-vous, Garwalf aurait bien préparé ses bagages, mais il ne possédait rien.

Même pas le souvenir de sa mère. Juste ce que Fauchelor lui en avait raconté.

Alors il affûta un couteau, effila soigneusement la lame et se rasa. Il débroussailla ses joues, son menton, et s'appliqua le long de sa gorge. Ensuite, il rassembla ses cheveux en une épaisse queue de cheval qu'il trancha au ras du cou.

Dans l'eau d'un seau posé près de la porte, il découvrit son visage, si longtemps dissimulé. Tout compte fait, ce n'était pas si catastrophique. Il s'attendait à pire. Il trouva même quelque charme à son originalité.

Satisfait, il quitta la Taverne d'Or sur la pointe des pieds.

Dehors, les rues étaient silencieuses et désertes.

Les maisons endormies.

Deux ou trois rats méfiants reniflaient les pavés.

Garwalf longea les murs vers la sortie de la ville.

6.
LES NUITS DE MORTEMAIN

– Par la queue du Grand Cornu ! Ce pape s'y connaissait en renardises !

Mortemain referma bruyamment le grimoire posé devant lui. Il le souleva à hauteur de son visage et frappa trois fois la couverture avec son front. Sa galafre, perchée sur le rebord de la fenêtre, ne bougea pas d'une plume ; elle avait l'habitude de ces colères.

Le sorcier repoussa sans ménagement l'énorme livre et se leva d'un bond pour en prendre un autre dans sa bibliothèque.

– J'y passerai le temps qu'il faudra, mais ce bouclier me livrera son secret ! jura-t-il.

Le plan gravé sur l'Œil de Bézoard n'avait en effet ni queue ni tête. Aucune indication de direction ; juste un chemin inscrit dans le métal et des nombres à trois ou quatre chiffres disposés le long de ce trait sinueux. Mortemain rugit de nouveau :

– Quelle ruse ce pape a-t-il inventée pour cacher son trésor ?

La galafre ne prêta pas davantage attention à ces paroles. Elle s'intéressait à ce qui se passait à l'extérieur du château. Depuis la fenêtre du donjon, elle avait une vue imprenable sur la lisière de la forêt. La lune éclairait suffisamment l'herbe rase pour qu'aucun signe de vie n'échappe à ses yeux perçants. Un lapereau, un beau lièvre... ou mieux encore : un nuiton, un de ces savoureux lutins nocturnes au goût si relevé et à la viande si tendre... Et pourquoi pas les trois, quitte à risquer une indigestion ?

La galafre gourmande attendait patiemment.

Un nouveau grimoire sous le bras, Mortemain regagna son large pupitre. À côté du plumier, la bougie, fixée sur un crâne humain, vacillait et menaçait de s'éteindre. Le sorcier en alluma une nouvelle, qu'il colla sur la première.

La lumière s'intensifia, illuminant le crâne. Mortemain, qui aimait aussi se distraire, observa un instant les stalactites de cire qui se formaient en haut des orbites : elles ressemblaient à de ravissantes larmes, peut-être celles que l'âme du malheureux propriétaire de cette tête versait en ce moment, en voyant son trésor sur le point de tomber en de si mauvaises mains.

– Pleurez, mon cher pape, car je vous le prédis : avant la fin de cette lune, j'aurai percé votre secret.

Après ce court délassement, Mortemain se pencha encore

sur l'Œil de Bézoard. Cette carte n'avait décidément aucun sens.

Aucun sens.

Le sorcier souleva sa main artificielle pour gratter son fin menton. Cette main, figée comme les serres de sa galafre. Cette main en métal, munie de griffes acérées à l'extrémité de chaque doigt.

Seul dans son donjon, Mortemain cherchait une réponse à l'énigme inscrite sur le bouclier. La nuit était sa meilleure alliée. L'obscurité déclenchait les lumières dans son cerveau diabolique. Dans la noirceur, les sciences occultes et la magie l'éclairaient.

Les veines qui zébraient ses tempes gonflèrent sous l'effet de la concentration.

Rien ne pourrait l'arrêter. Rien ne pourrait le troubler à présent... sauf peut-être le cri rauque qui déchira le silence et fit trembler les murs.

Le sorcier soupira.

Sa tête bascula vers l'avant et son front cogna le bouclier avec une remarquable sonorité de gong oriental. Avant toute chose, Mortemain devait nourrir sa fragone, faute de quoi la faim la rendrait folle. Et rien n'était plus dangereux qu'une fragone affamée. Il était bien placé pour le savoir.

La créature réitérait son avertissement.

Une armée aurait certainement été plus aisée à dompter qu'une fragone, mais pour l'heure, le sorcier devait s'en contenter. Projeter de régner en maître sur la forêt d'Halequin n'était pas une mince affaire, surtout lorsqu'on ne pouvait compter que sur soi-même. L'ouvrage était vaste, les obstacles nombreux et il fallait savoir être patient.

La lune montait lentement au-dessus du château du Guef. La galafre guettait toujours la clairière de ses yeux plissés, à l'affût d'une proie.

Cette nuit encore, le sorcier ne dormirait pas.

7.

EN SELLE, GARWALF !

Deux chevaux, l'un blanc, l'autre gris, attendaient patiemment au milieu de la cour ; des pur-sang robustes et dociles. Sur le seuil de son atelier, le forgeron peaufinait l'affûtage d'une épée à deux mains. La queux glissait sur la lame pour la rendre aussi tranchante qu'un rasoir.

La démarche alourdie par son armure, Arthur traversa la cour de la forge. Il vérifia une dernière fois le contenu des sacoches et le matériel accroché aux selles des chevaux : une arbalète, un carquois, des couvertures, deux torches, trente pieds de chanvre tressé, un grappin, un étui à parchemin, une bourse d'allume-feu, une jarre de vin, trois gros pains, un peu de viande séchée... Tout semblait en ordre.

Garwalf s'arrêta sous le porche, à l'entrée de la cour.

Il hésita un instant en découvrant le chevalier .

– Eh bien, mon ami ! s'écria Arthur. Tu ne me reconnais plus ?

– C'est à cause de votre crevice, expliqua Garwalf. Vous avez... enfin... vous semblez un autre homme.

Sur l'armure du chevalier se reflétaient les premiers rayons d'un soleil encore hésitant.

– Toi aussi tu as bien changé depuis hier, nota Arthur en désignant le visage du cuisinier.

– C'est possible, répondit distraitement Garwalf.

Arthur posa une main amicale sur son épaule et enchaîna joyeusement :

– Je suis heureux que tu sois venu. Tout est prêt. Il ne te reste qu'à te vêtir.

– C'est que... Je n'ai pas d'autres vestailles, avoua le cuisinier.

Sur un signe du chevalier, le fils du forgeron surgit de l'atelier et s'empressa de remettre à Garwalf un paquet de vêtements. Il y avait là des bottes épaisses, des hauts-de-chausses en cuir, une ceinture, une chemise de lin et un gilet, des gants et un manteau en peau d'agneau.

– C'est... pour moi ?

– Ce cheval également, indiqua Arthur.

Garwalf caressa avec émotion l'encolure du cheval gris. Il remarqua le petit chaudron accroché à l'arrière de la selle et l'épée courte qui dépassait de son fourreau.

– Point de tracasseries, le rassura Arthur. Elle te servira uniquement à dépecer le gibier.

Garwalf se réjouit de cette précision.

– Et votre compagnon d'armes ? demanda-t-il. Il n'est pas encore arrivé ?

– Il est parti en éclaireur. Il nous attend à l'entrée de la forêt. Dépêche-toi de t'habiller et mettons-nous en route.

Garwalf, ses vêtements sur les bras, disparut entre les deux chevaux pour se changer.

– Tu fais bien des manières, se moqua le chevalier.

– Tournez-vous, répliqua sèchement Garwalf. Ce n'est pas parce que nous partons ensemble à l'aventure que nous sommes obligés de partager notre intimité.

– Très bien. Je me retourne.

Arthur s'exécuta dans un bruit de ferraille avant de s'extasier :

– Ah ! Quelle belle journée nous attend !

– On en reparlera ce soir, modéra Garwalf en s'habillant.

– J'ai hâte d'en découdre avec ce sorcelier, continua le chevalier. Mon sang bouillonne !

– Quant à moi, tout ce que je ferai bouillonner, c'est le contenu du chaudron, rappela le cuisinier.

– Sois tranquille, mon ami... Es-tu prêt à la fin ? s'impatienta Arthur.

– Je le suis, répondit Garwalf en quittant sa cachette.

– Sacré Dieu ! Tu as fière allure !

Le jeune garçon prit un air détaché, feignant d'être insensible au compliment, bien qu'en vérité, il était assez satisfait de cette nouvelle tenue. Rien à voir avec son tablier couvert de graisse ; ce matin, il se sentait renaître.

– À cheval ! commanda Arthur. Les exploits nous attendent !

Garwalf aida le chevalier à s'installer sur son destrier.

À son tour, il grimpa sur son cheval avec une prudence maladroite.

– Tu en prendras vite l'habitude, lui prédit Arthur.

Garwalf n'en était pas convaincu, mais à cette heure matinale, il jugea malvenu d'écarter cette pointe d'optimisme.

Le forgeron apporta son épée au chevalier. Ce dernier la glissa dans son fourreau et lui remit en échange une bourse sonnante.

– Bonne chance ! lança le forgeron. Que Dieu vous protège.

– Nous n'avons pas besoin de la Chance, claironna Arthur. Et nous ne dérangerons pas Dieu pour si peu : notre courage nous suffira ! En avant !

L'écho des sabots envahit la cour. Les chevaux franchirent le porche côte à côte et s'engagèrent au pas dans la rue.

Un coq appela le soleil.

Un chien aboya au passage d'une charrette grinçante.

Forcelor se réveillait doucement.

– Garwalf ! Garwalf !

Le garçon tira sur ses rênes trop brutalement, et son cheval manifesta son mécontentement par un hennissement hargneux. Derrière lui, au bout de rue, Vialyne apparut. Elle rejoignit les deux cavaliers en courant.

– Fau... Fauchelor est dans... tous ses états ! annonça-t-elle, essoufflée. Il te cherche partout.

– Je ne pensais pas lui manquer si vite, plaisanta le jeune cuisinier.

– J'en ai profité pour lui rapiner un gigot, annonça victorieusement Vialyne. Ce vieil avare te doit bien ça.

Elle tendit à Garwalf la viande enveloppée dans un torchon presque blanc.

– Merci, Vialyne. Et ne laisse pas ce nain décrépit te mener la vie dure.

– Ne t'inquiète pas pour moi. L'espoir de te revoir bientôt suffira à me réconforter.

– ....

– Tu parais un prince sur ce cheval, ajouta-t-elle tout bas.

– C... C'est à cause de ces nouvelles vestailles.

– Elles te vont si bien.

– Et... je me suis rognié la barbe et les cheveux.

– Ton visage n'en est que plus doux.

– ...

Troublé, Garwalf baissa la tête et glissa le gigot dans l'une de ses sacoches.

– Ne vous inquiétez pas, Dame Vialyne, je vous le ramènerai entier, promit Arthur.

« De qui parle-t-il ? » ne put s'empêcher de songer Garwalf. « Du gigot ou de ma personne ? »

– À présent, le devoir nous appelle, continua le chevalier.

D'un coup de talon, il fit repartir sa monture. Celle de Garwalf démarra d'elle-même, menaçant l'équilibre précaire de son cavalier.

Vialyne regarda les deux hommes s'éloigner.

Garwalf regarda derrière lui deux ou trois fois, et répondit par un petit signe de la main à ses adieux.

– Si ce n'est pas une déclaration d'amour, alors je ne suis pas chevalier, lança Arthur avec autorité.

Le jeune cuisinier, juché sur son cheval, ne prêtait pas attention aux paroles du chevalier. Son cœur battait si fort. Quel vacarme ! Comme si il cachait un tambourin au creux de chacune de ses oreilles.

– Et alors ? Tu deviens sourd, mon ami ?

« Boum ! Boum ! Boum ! Boum ! »

Sans se soucier de répondre, Garwalf se retourna une dernière fois pour voir la silhouette de Vialyne disparaître au bout de la rue.

8.

UN COMPAGNON PEU ORDINAIRE

Arthur et Garwalf suivirent le chemin qui quittait le village vers le nord, en direction de la forêt. Le sentier traversait la Lande Garenne, un terrain broussailleux qui porterait jusqu'à la fin du printemps les stigmates des terribles vents hivernaux.

Au bout d'une demi-lieue seulement, la forêt d'Halequin, percée par quelques pics montagneux, se dessina dans le lointain.

Les deux cavaliers avançaient au pas. Garwalf, perdu dans ses agréables pensées, affichait un air béat. Il ne semblait plus songer aux dangers qu'il devrait bientôt affronter. Toutefois, à l'approche des premiers arbres, un léger frisson lui remit les pieds dans les étriers.

– Comment comptez-vous trouver le château du Guef dans cette foresterie ?

– J'ai ici un parchemin des plus précis, répondit Arthur en désignant l'étui accroché à sa selle. En outre, notre compagnon nous guidera. Le voici justement.

Un cavalier apparut à la lisière de la forêt. Il s'arrêta au bord du chemin et attendit les deux hommes. Il portait une pelisse qui lui couvrait le haut du corps et lui encapuchonnait la tête.

– Magnifique journée, non ? leur lança-t-il avant qu'ils n'arrivent à sa hauteur.

Le cavalier avait un ton joyeux. Il était fin, élancé, et sa capuche qui formait une ombre sur son visage ne laissait voir que son sourire ravi.

– Charmante journée pour une malemort, marmonna Garwalf sans quitter des yeux la forêt toute proche.

– Notre cuisinier aime les rigolages, assura Arthur. Nous ne nous ennuierons pas en sa compagnie.

– Je viens de croiser une ghüll insomniaque à une lieue d'ici, dit le cavalier. J'espère qu'elle appréciera son sens de l'humour.

– Comment ? sursauta Garwalf. Une ghüll ? Je n'entrerai jamais dans ces bois hantés par des morts-vivants !

– Ha ! Ha ! Du calme, le chaudronneux. Je bagoulais. La voie est libre et la forêt d'Halequin n'attend plus que nous.

Avec Torelle et moi, tu n'as rien à craindre, compléta Arthur. En avant !

Le nom de Torelle résonna comme un coup de fouet aux

oreilles de Garwalf. Sous cette capuche et ce long manteau, il reconnaissait à présent ce soi-disant guerrier exceptionnel qui était censé assurer sa sécurité et combattre le sorcier. Torelle ! En la voyant saisir les rênes avec ses dents, il n'eut plus aucun doute.

– HALTE ! hurla-t-il.

Les chevaux se cabrèrent. Arthur saisit son épée et chercha dans toutes les directions un ennemi invisible.

– Qu'est-ce qui te prend de hucher ainsi ? s'emporta Torelle. Te faut-il un coup de masse sur la tête pour te remettre les idées en place ?

– Ce n'est pas toi qui manieras la masse ! répliqua Garwalf. Je t'ai reconnue, Torelle. Tu es venue conter ton histoire à l'auberge au moins dix fois, jusqu'au jour où Fauchelor n'a plus voulu te faire crédit. Inutile de cacher ton infirmité sous ton manteau !

– Je n'ai rien à cacher, se fâcha Torelle. Et s'il est vrai que je ne peux t'assommer, je peux encore te botteculer les fesses !

– Ha ! Ha ! C'est à coups de bottes que tu comptes te battre contre Mortemain et toutes les sales bestiares qu'on rencontre dans ces boiseries ? Désolé, pour moi le voyage se termine ici.

– Regardez-moi ce bastardon trembler dans ses culottes neuves, se moqua Torelle en rejetant sa capuche en arrière.

– Je préfère trembler qu'être raide mort, précisa Garwalf.

– Froussard !

– Éclopée !

– Poltron !

– Moitié d'épouvantail !

– Péteux !

– Potiche !

– Résidu de chaudron !

– Cessez-là vos ricochets ! s'interposa Arthur. Nous avons autre chose à faire que de nous disputailler.

– À qui le dites-vous ! approuva Garwalf. Je rentre à l'auberge. Avec un peu de chance, Fauchelor ne m'aura pas encore remplacé.

Avec une gaucherie obstinée, il commanda à son cheval de faire demi-tour et s'apprêta à reprendre le chemin en sens inverse. Torelle se raidit, s'empourpra, tant la colère l'envahissait. Arthur, lui, conservait un air malicieux :

– Vialyne sera heureuse d'apprendre que tes exploits n'ont pas dépassé la lisière de la forêt d'Halequin, lança-t-il d'un ton innocent.

Garwalf se figea sur sa monture, les rênes tendues.

– Mange au moins le gigot qu'elle t'a offert, avant de rentrer, lui conseilla Arthur.

Le cuisinier et son cheval firent une nouvelle fois demi-tour.

Torelle fut secouée d'un rire hoquetant absolument insupportable.

« On dirait une cruche sur le point de se renverser », songea Garwalf.

– Tu viens donc avec nous ? demanda Arthur. Tu m'en vois heureux.

– Si cette amphore arrête de dindonner, je veux bien vous accompagner, grogna Garwalf.

Plus bas, il ajouta à l'intention d'Arthur :

– J'espère, messire, que vous serez capable de vous battre seul contre les ennemis qui nous attendent.

– J'ai pleine confiance en Torelle, et je suis certain que son aide nous sera précieuse. Ne te fie pas aux apparences, mon ami. Je te l'ai déjà dit : si je n'avais regardé que ton tablier et tes mains poilues, jamais je n'aurais présagé quel excellent cuisinier tu es.

Garwalf ne trouva rien à répondre.

Il lorgna une dernière fois vers Torelle, dont la bonne humeur faisait peine à voir. Quelle insouciante ! Deux bras en moins ne lui suffisaient pas. S'arrêterait-elle seulement lorsqu'elle aurait perdu les deux jambes ? « Sans doute pas », songea Garwalf, qui se demandait bien comment on pouvait encore rire, même à ses propres dépens, lorsqu'on était dans cet état !

Il soupira, et, puisqu'il n'avait plus d'autre choix, il suivit les deux cavaliers.

Arthur prit la tête du cortège. Torelle lui emboîta le pas et le jeune cuisinier ferma la marche.

Le chemin se perdait sous les premiers arbres.

Pour la première fois de sa vie, et peut-être la dernière, Garwalf allait pénétrer dans la forêt d'Halequin.

9.
PREMIERS CONTREPOILS

Cette première journée dans la forêt ressemblait à une longue et plaisante promenade. Les chemins, bien qu'étroits, permettaient le passage des chevaux, et s'il fallait souvent baisser la tête pour éviter les branches basses, le voyage restait assez confortable. Les oiseaux et leurs chants aidaient à passer le temps.

En somme, la forêt d'Halequin recelait pour l'instant plus d'enchantements que de dangers. À croire que tous ces aventuriers en quête de renommée et de fortune qui défilaient à la Taverne d'Or maniaient avec davantage de dextérité leur langue que leur épée.

Garwalf se sentait rassuré... même si la lumière faiblissait au fur et à mesure que le soleil rejoignait la cime des arbres.

– Prenons ce sentier, dit Arthur. Nous trouverons bientôt

une source sur notre droite. Nous pourrons y abreuver les chevaux et nous y installer pour la nuit.

– Je ne connais aucune source dans les environs, s'étonna Torelle.

– Sans ce précieux parchemin, elle est introuvable, précisa Arthur en brandissant son plan.

Pour la seconde fois de la journée, Torelle doutait de l'itinéraire emprunté par le chevalier. Mais, ignorant elle-même l'emplacement du château du Guef, elle s'en remit au choix d'Arthur.

Une heure plus tard, la source n'était toujours pas en vue.

Garwalf commença à s'intéresser au problème :

– Se pourrait-il que ce parchemin, par malchance, soit fardé de quelques faussetés ?

– Que nenni ! s'insurgea le chevalier. Au prix où je l'ai acheté, je te garantis qu'il n'y a pas carte plus précise que la mienne.

Garwalf, tenace, émit une seconde hypothèse :

– Se pourrait-il alors que vous la teniez à l'envers ?

Après un bref silence, Arthur éclata de rire :

– Ha ! Ha ! J'adore ton humour, mon ami ! Tu es vraiment un joyeux compagnon !

Le soleil était tombé comme une pierre lancée derrière les arbres. Garwalf remarqua le front soucieux de Torelle.

Au bout d'une autre heure, la source demeurait toujours introuvable, et la nuit s'installait confortablement. Tout ce qu'Arthur découvrit, ce fut un rigot où l'eau et la vase se mélangeaient. C'est à peine si les chevaux pouvaient y boire.

– Voici une excellente repostaille pour la nuit, annonça Arthur. Déharnachons nos montures, mes amis. Et toi, Garwalf, va quester du bois pour faire un feu et nous préparer un bon repas.

L'enthousiasme du chevalier était loin d'être communicatif, mais chacun s'attela à sa tâche.

La forêt d'Halequin était devenue sombre et froide. À côté du campement, le ruisseau envasé glougloutait lugubrement. Les cris perçants des chats-hurlants n'arrangeaient rien à l'affaire. Heureusement, les premières flammes firent bientôt crépiter les branches mortes ramassées par Garwalf, et le feu redonna un peu d'humanité à ce lieu désolé.

Penché sur son chaudron, Garwalf découpait soigneusement le gigot en songeant à Vialyne. Assis près du feu, ses deux compagnons se réchauffaient en silence. Torelle ôta sa botte droite, se contorsionna habilement et attrapa un couteau accroché à sa ceinture. Le manche coincé entre ses doigts de pied, elle était prête à commencer son repas.

Garwalf apprécia du coin de l'œil la souplesse de la jeune fille.

– Torelle ! s'exclama Arthur, qui tenait absolument à remonter le moral de ses troupes. Je suis certain que tu connais quelques chanteries amusantes. Allez, donne-nous le plaisir d'entendre ta voix.

Torelle, surprise par la proposition, en resta muette.

– En plus de tes bras, les talemasches auraient-ils aussi mangé ta langue ? se moqua Garwalf sans lever le nez de son chaudron. Ton compagnon n'était-il pas assez gras pour satisfaire leur appétit ?

– Mon compagnon était aussi mon père, répliqua sèchement Torelle. Sans lui, ces sales teignes ne se seraient pas contentées de ma langue en plus de mes bras.

Garwalf mordit la sienne. À l'auberge, il n'avait jamais vraiment écouté l'histoire de la jeune fille. Il le regrettait à présent.

Arthur, également troublé, décida de ne pas s'attarder sur le sujet :

– Eh bien ! C'est donc moi qui vais chantiser, les amis.

Et après s'être levé et éclairci la voix, il entonna :

« Nobles de cœur, nobles de foi
Les chevaliers aiment parfois
Bien s'amuser, et ripailler
S'engoulailler jusqu'au gosier
Lever l'pichon et la chopine
Les compagnons ont bonne mine
Faire la querole
L'ver la guibole... »

– ATTENTION ! hurla Torelle.

En un bond, elle était debout. Elle se jeta la tête la première sur Arthur. Le chevalier se plia en deux quand le crâne de la jeune fille percuta son estomac, et tous deux roulèrent à terre.

Un ulûlûlare au bec crochu et aux serres tendues les survola. Le redoutable oiseau, constatant qu'il venait de rater Arthur, se rabattit sur une nouvelle proie : il fixa Garwalf et son chaudron de ses yeux jaunes et luisants, et les prit tous deux pour cible.

– Par le fessier de m...

Garwalf n'acheva pas sa phrase. Il se coucha sur le sol, le nez dans les feuilles et les mains sur la tête. Quand il rouvrit les yeux, le chaudron de fonte contenant le gigot de Vialyne avait disparu. Le volatile qui s'élevait péniblement au-dessus des arbres le tenait entre ses serres.

– Pillard ! Ribaud ! cria Garwalf. Rends-moi ce chaudron ! Rapineur !

Arthur se releva. Il s'empara de son arbalète, y plaça un carreau, et au pas de course, se mit en position de tir.

– Ne t'inquiète pas, mon bon ami, ce chaudron et ce qu'il contient vont revenir entre tes mains, ou je ne m'appelle pas De Baldaquin.

Pendant qu'Arthur parlait, l'ulûlûlare fatiguait. Voyant qu'il ne pourrait pas aller ni très loin, ni très haut avec ce fardeau, il décida, preuve de son intelligence, de s'en débarrasser. Quand le chevalier releva les yeux, il vit la masse noire fondre sur lui.

Le bruit du chaudron sur son front produisit un délicieux do mineur qui s'éleva jusqu'à la cime des arbres.

10.

BOSSE SUR LA CRABOSSE

– Crois-tu qu'il est occis ?

– Il est sérieusement esmochié.

– Il respire.

– Verse-lui encore un peu d'eau fraîche sur le front.

Garwalf et Torelle étaient penchés sur le corps d'Arthur. Ils l'avaient veillé toute la nuit à tour de rôle. Le jour venait de se lever, mais l'état du chevalier évoluait peu, à part cette bosse frontale, qui, après avoir donné au fils du roi l'allure d'une jeune licorne, commençait à dégonfler.

– C'est bon signe, nota Garwalf.

– Il ouvre un œil ! s'écria Torelle.

Arthur reprenait en effet connaissance. Il se redressa lentement et se plaignit d'un abominable mal de tête tout en souriant béatement. Garwalf craignit que cet accident n'ait rendu le chevalier complètement crétin.

– Tenez, buvez ceci.

– Merci... mon bon Garwalf.

– Il te reconnaît, constata Torelle.

– S'il m'avait confondu avec toi, j'aurais été très inquiet pour son esprit, répliqua Garwalf.

– POUAH ! C'EST INFÂME ! hurla Arthur en s'asseyant d'un coup.

Il venait de boire une gorgée du liquide contenu dans le bol que lui avait donné Garwalf.

– C'est un oximel de ma préparation, précisa non sans fierté ce dernier. À base de vinaigre, de jus de corme, d'urine de cheval...

– Tu veux donc me venimer ! le coupa Arthur.

– En attendant, vous êtes presque debout. C'est avec ce petit remède que je médecinais ceux qui avaient abusé du vin à l'auberge.

Un effroyable goût emplissait la bouche d'Arthur. Mais le chevalier constata que son mal de tête avait disparu. Il tâta sa bosse rondouillarde, découvrit avec surprise l'empreinte de son front dans le chaudron posé près du feu et se leva sans trop de peine.

Le remède était particulièrement efficace. Même Torelle en convint.

– Garwalf, tu es un génie, un bienfaiteur, un magicien, se

réjouit Arthur. Vite, à cheval. Nous avons suffisamment perdu de temps.

Le chevalier s'apprêtait déjà à enfiler son armure.

– Je crois que le moment est venu de lui dire ce que tu dois lui dire et que tu n'oses pas lui dire, lâcha Torelle. Allez, Torchepot de malheur, parle !

Garwalf baissa la tête. Gêné, il traça un demi-cercle du bout de sa botte sur le sol et murmura :

– Je vous suggère, messire Arthur, de ne point revêtir votre pesante armure.

– Pour quelle raison ? s'étonna le chevalier.

– Je pense qu'elle ne sera pas très confortable pour marcher.

– Je ne compte pas jamboier dans cette forêt, mais bien chevaler !

– Justement, c'est là que nous nous heurtons à un délicat problème.

Garwalf recommença à gratter le sol de l'extrémité de sa botte. Les mains dans le dos.

Le menton enfoncé dans la poitrine.

C'est Torelle qui dut fournir la fin de l'explication :

– Cette tronche d'âne a oublié d'attacher les chevaux hier soir. Quand le chaudron a rebondi sur votre crâne, nos destriers se sont affolés et ont disparu dans la forêt.

– Tu... Tu veux dire... commença Arthur.

– Que je remercie les talemasches de m'avoir dévoré les bras et non les jambes, termina Torelle.

– Par chance, messire, intervint Garwalf, votre remarquable compagnon d'armes a relevé des traces de sabots. Je remercie le ciel que les talemasches ne lui aient pas dévoré la tête, ce qui démontre qu'elles gardent les meilleurs morceaux pour la fin.

Torelle n'apprécia pas outre mesure ce compliment. Elle foudroya Garwalf du regard, ses pieds s'agitèrent et sa tête s'inclina de façon menaçante.

– Du calme, les amis, intervint Arthur. Je suis certain que nous retrouverons vite nos montures. Ramassons nos besaces et mettons-nous en route.

– Le plus tôt sera le mieux, gronda Torelle.

– Je vais rassembler notre attirail, dit Garwalf en se pressant.

Arthur reprit une goutte d'oximel et, après une grimace de circonstance, commença lui aussi à charger ses sacoches, sa selle et son armure sur son dos.

11.

CHAIR DE POULAILLE

Le soleil touchait à son zénith. Les trois compagnons marchaient depuis le matin. Ils suaient, juraient, pestaient – surtout Torelle – contre ces satanés canassons. Leur seul motif de satisfaction était les traces, parfaitement visibles, car le sol était de plus en plus humide.

– Selon la carte, annonça Arthur, nous approchons de la clairière du Baudi.

– Du baudi ! s'exclama Torelle.

– C'est ce qui est inscrit sur mon parchemin : « Clairière du Baudi ».

– C'est vous le sot ! N'avez-vous jamais entendu à Papemort un simple d'esprit se faire traiter de baudi ?

– Je... À vrai dire, je ne suis guère sorti du château, et

personnellement, je n'utilise pas ce genre de langage pour…

– Eh bien moi, je vous prédis que ce parchemin est une baraterie ! Celui qui vous l'a vendu s'est moqué de vous !

Torelle n'était pas d'humeur à plaisanter. Son fardeau, attaché sur son dos avec les lanières destinées aux chevaux, n'était pas moins lourd que celui des autres. La fatigue aidant, elle devenait de plus en plus irritable.

– Comment peut-on être naïf à ce point ? s'emporta-t-elle. La clairière du Baudi ! Et pourquoi pas la clairière de l'attrape-nigaud !

Garwalf s'approcha d'Arthur :

– Combien avez-vous donné pour cette carte ? se renseigna-t-il.

– Cinq écus, avoua Arthur.

– Cinq… écus !… Et vous l'avez achetée à Forcelor ?

– Précisément.

– À quoi ressemblait votre vendeur ? continua Garwalf.

– Eh bien, ils étaient plusieurs. Ils se tenaient au coin d'une venelle, hier soir, pas très loin de la forge où…

– Ah, misère… se lamenta Torelle.

– Ces pendards dessinent eux-mêmes des parchemins d'après ce que veulent bien leur raconter les aventuriers qui reviennent de la forêt d'Halequin, expliqua Garwalf. Et quand ils n'ont pas suffisamment de détails, ils les inventent. Hélas, il se trouve toujours quelque nouveau-venu pour acheter leurs torchonneries !

Vexé, Arthur rangea le parchemin dans son étui.

Il devait reconnaître qu'il accordait trop facilement sa confiance aux gens. C'était là son principal défaut. À y regarder de plus près, ce plan relevait en effet d'une fabrication très artisanale et il manquait de précision. Il valait mieux s'en méfier.

– De toute façon, conclut Arthur, ce parchemin est sans importance. Notre amie Torelle est un guide remarquable. Je ne me fais aucun tourment.

La jeune fille quitta un instant son air bougon. Garwalf se prit à espérer qu'elle serait plus compétente qu'il ne le pensait.

– Ce plan nous a induit en erreur mais nous ne sommes pas perdus, indiqua Torelle en désignant les profondes empreintes. Nous nous dirigeons vers le Gashel. Ces maudites rosses sont entrées dans le marais.

– Et... c'est grave ? se renseigna Garwalf.

– Ce n'est pas la meilleure nouvelle de la journée.

Les pieds des trois aventuriers s'enfonçaient davantage à chaque pas. Une odeur d'eau croupie leur indisposait les narines. Le Gashel répandait sa pestilence au-delà de ses limites.

– J'ai toujours réussi à éviter cet endroit, expliqua Torelle. Mais aujourd'hui, nous allons devoir le traverser si nous voulons retrouver nos chevaux.

– Y aurait-il... quelque danger ? s'inquiéta Garwalf.

– Commencez par regarder où vous mettez les pieds. L'eau et la terre se confondent facilement dans ce bourbier. Ne quittez surtout pas le chemin.

Torelle prit la tête du groupe. Forts de ses recommandations, les garçons la suivirent.

La forêt s'éclaircit progressivement. Les derniers arbres, aux feuilles de plus en plus rares, se noyèrent au milieu des bauges noirâtres. D'immenses haies de roseaux constituèrent bientôt la seule végétation encore vivante en ces lieux. Garwalf regrettait déjà la Taverne d'Or, ainsi que son tenancier colérique et avare. La perspective de conquérir le cœur de Vialyne grâce à ses exploits ne suffisait plus à le réchauffer. Des brumes humides flottaient au-dessus des mares fangeuses qui s'étendaient de chaque côté du sentier. L'après-midi commençait à peine, mais le soleil semblait déjà sur le point de se coucher. Jamais Garwalf n'aurait imaginé se retrouver dans un endroit aussi morbide. L'enfer devait être plus accueillant.

Les trois compagnons ne parlaient plus. Ils cheminaient les uns derrière les autres sur le sentier qui serpentait maintenant entre l'eau épaisse et les roseaux. Garwalf fermait la marche, et il sentait ses poils se hérisser lorsque les longues tiges s'agitaient dans son dos, comme si une bête, un serpent ou le diable en personne s'y était glissé pour l'épier. Il n'avait qu'une idée en tête : retrouver son cheval et s'enfuir d'ici.

– Pourquoi ces sales carnes sont-elles venues se perdre dans ce purgatoire ? pesta-t-il.

– Clapoire de chiure ! jura Torelle en s'arrêtant net au milieu d'un virage.

– Que se passe-t-il ? demanda Arthur d'une petite voix.

Il se doutait que la vulgarité excessive de Torelle était à la hauteur de sa découverte.

Du bout du pied, elle désigna une trouée dans les roseaux. Arthur s'avança. Garwalf ne fut pas long à la rejoindre.

– On vient de retrouver nos montures, lâcha Torelle.

Sur un lit de roseaux reposaient trois carcasses. Trois squelettes blanchis. Chaque os avait été ronché, gratté, nettoyé avec une minutie des plus ignobles, sans pour autant être détachés les uns des autres. Les chevaux semblaient simplement couchés sur le sol, mais dénués de leur peau et de leur viande.

– Qui-qui... Qui a pu faire ça ? bafouilla Arthur.

Le visage du chevalier se teinta d'une pâleur cadavérique, même sa bosse bleutée s'éclaircit, détail qui n'échappa pas à Garwalf.

– Un grunnire, répondit Torelle. Il n'y a que ces sales bestiares pour réussir un travail pareil.

– À présent, il est rassasié ! avança Garwalf, soucieux de ne pas sombrer dans un pessimisme sans fond.

– Ce monstre est capable d'enventrer dix chevaux sans risquer la moindre indigestion, crut utile de préciser Torelle.

Garwalf essuya son visage avec le bas de sa chemise et reprit :

– Dans ce cas, ne perdons pas un instant. Rentrons immédiatement à Forcelor. Si nous sortons de ce marais avant la nuit, dans deux ou trois jours, nous aurons rejoint le village.

Torelle n'eut pas à chercher une nouvelle remarque désagréable pour souligner l'honteux manque de bravoure du jeune cuisinier : un hurlement épouvantable s'éleva au-dessus du marais. C'était un cri éraillé, doublé de grondements gutturaux, et terminé par une espèce de rire sournois. Arthur pâlit davantage, porta la main à sa bosse et s'évanouit, face la première sur le sol !

– C'est... C'est sûrement le choc de la nuit dernière, bredouilla Garwalf.

– Te reste-t-il un peu de ton oximel ? s'enquit Torelle.

Le braillement infâme se répéta. Cette fois, le rire était indiscutablement moqueur.

– Mon cher Garwalf, déclara Torelle, je crois que l'heure est venue de nous testamenter.

– Que veux-tu dire ?

– À n'en point douter, ce grunnire est gourmand et notre fin est proche.

– Nenni ! protesta énergiquement Garwalf en saisissant l'épée courte destinée à sa cuisine. Tu vas botter le fessier de ce monstre pendant que je lui sauterai à la gorge pour le juguler.

– Si fait, il nous aura lapidés avant que nous ne l'ayons touché.

Garwalf ramassa une vieille branche qui ressemblait vaguement à un gourdin :

– Allons, Torelle ! Je bastonerai cette sale bête jusqu'à lui fendre le crâne. Comment peux-tu te décourager ainsi, toi qui as si vaillamment survécu à l'appétit des talemasches ! Le sacrifice de ton père aurait-il été vain ?

– S'il était encore de ce monde, il réglerait son compte à ce grunnire, répondit la jeune fille.

Le râle reprit, plus sourd cette fois, avant de s'éteindre dans le bruissement des roseaux.

– La bête se rapproche, commenta Torelle en tendant l'oreille. Elle va bientôt attaquer.

Garwalf jeta son bâton et son épée à terre. Il se précipita vers Arthur, le retourna, l'empoigna par le col et commença à lui tapoter les joues, puis à le talocher plus franchement.

– Réveillez-vous, bougre de chevalier ! Seriez-vous une damoiselle ? Mais où avez-vous trouvé votre épée ? Au marché ? Au coin d'une rue comme votre carte ? Avez-vous oublié votre promesse de me ramener en un seul morceau à Forcelor ?

Les gifles claquaient et Arthur reprenait des couleurs à vue d'œil.

– Aïe ! Ouille ! Arrête de me malmener de la sorte ! protesta enfin le chevalier.

Garwalf l'obligea à se relever et lui plaça d'office son épée entre les mains :

– Vous voilà remis d'aplomb. Ha ! Ha ! Ce n'était qu'un léger malaise ! Vous avez une mine superbe, messire. Et par chance, un délicieux combat vous attend.

Arthur chancelait sur ses pauvres guiboles. Ses genoux se

soutenaient mutuellement, et c'est à peine s'il parvenait à soulever son épée.

– Le grunnire ! annonça Torelle d'une voix blanche.

Garwalf se cacha derrière Arthur. Il remuait le bras du chevalier, qui agitait ainsi involontairement son épée. À une dizaine de pas devant eux, le grunnire sortit sa tête des roseaux. Sa gueule démesurée, telle une herse entrouverte, était plantée de crocs auxquels s'accrochaient des lambeaux de viande fraîche, et ses yeux acides, percés d'une pupille rubiconde, fixaient ses proies avec une délectation paralysante. Sa langue chargée de pustules fit lentement le tour de sa mâchoire en appétit.

Garwalf sentit le corps d'Arthur s'alourdir. Le chevalier venait encore de défaillir.

– Nous nous battrons jusqu'à notre dernier rot ! promit Torelle en donnant des coups de pied dans le vide.

Elle n'était plus résolue à perdre la vie. Non, son père n'était pas mort pour rien. Elle avait peut-être perdu ses bras par le passé, mais jamais elle ne perdrait son courage.

Devant tant de témérité, Garwalf lâcha Arthur, qui s'écroula à terre, et s'empara de l'épée du chevalier. Elle était lourde, et la soulever relevait déjà de l'exploit. Il la pointa vers le monstre et hurla :

– Viens donc par ici, maudite bestiare ! Tes rujements ne me font pas peur ! Avance un peu que je te rifle les crocs !

Le grunnire fit un pas en avant. Puis deux. Son dos formait

une bosse hérissée de longs poils raides et noirs. Ses pattes se terminaient par de larges griffes recourbées qui s'alignaient comme autant de faucilles. Tout dans cette bête respirait la haine et la cruauté. Elle baissa les oreilles et fléchit les pattes, prête à attaquer.

« Le feu ! »

Cette idée clocheta dans la tête de Garwalf. « Le feu, bien sûr ! » Il n'existait sûrement pas meilleure arme contre ce monstre. « Cette bestiare n'a pas une tête à aimer se faire toster le croupion ! »

– Torelle ! Occupe-le ! s'écria Garwalf en jetant l'épée vers le grunnire. J'ai une idée !

La bête écarta l'épée d'un coup de patte et l'arme du chevalier se planta dans la vase. Le grunnire grogna de plaisir en constatant que ses victimes étaient à présent sans défense. Son second repas de la journée lui tendait les bras.

– Viens goûter mes bottes, que je t'arrache quelques chocottes, le provoqua Torelle en sautillant d'un pied sur l'autre.

Le grunnire bondit une première fois. Garwalf, accroupi sur le côté du chemin, cherchait dans les sacoches. Torelle s'élança vers le monstre alors que ce dernier enchaînait son second bond. Toutes griffes dehors, il fondit sur Torelle.

– Par le fessier de mes aïeux, où sont-elles ? pesta Garwalf en fouillant les bagages.

Torelle s'envola dans les airs : un saut prodigieux. Elle s'éleva au-dessus de la bête, qui, au terme de son deuxième bond, atterrit sous ses jambes repliées. Entraîné par son élan, le grunnire glissa sur le chemin en soulevant terre et cailloux. Hélas, la bosse de l'animal heurta les pieds de Torelle. Déséquilibrée au faîte de sa remarquable extension, elle insulta Dieu en personne et termina son saut très périlleux en s'étalant brutalement sur le sol dans un fracas extrêmement inquiétant.

– J'ai trouvé ! s'exclama Garwalf en brandissant la bourse d'allume-feu.

Le grunnire se retourna. La colère déformait sa gueule hideuse. Vexé d'avoir raté sa proie, il poussa un grognement peu engageant. Il plia les pattes, prêt à lancer un nouvel assaut sur Torelle étendue au milieu du chemin.

– Regarde par ici, satané démon !

Garwalf avait frotté un allume-feu contre une pierre. Il saisit une torche dans le sac d'Arthur, l'enflamma et la brandit vers l'animal : aussitôt, le grunnire s'immobilisa. Il rentra la tête entre ses épaules et son dos forma une bosse encore plus haute. Puis il recula.

– Ha ! Ha ! Je vais te tisoner le poil ! vociféra Garwalf.

Le jeune cuisinier s'avança, sa torche pointée vers le monstre ; il accompagnait chaque mouvement de recul du grunnire d'un pas en avant. Un sourire victorieux éclairait son visage. Garwalf se sentait vaillant, invincible. Ah, si Vialyne avait pu être là ! C'était lui le héros : un grunnire enragé fuyait sous sa menace. Garwalf, le cuisinier de la Taverne d'Or, abandonné par ses pères, oublié par sa mère, affrontait sans trembler le plus terrible des dangers.

– RaaaAAAA ! hurla-t-il en se précipitant vers le monstre.

Le grunnire fit volte-face et détala comme un vulgaire lapin. Il disparut entre les roseaux, la queue entre les pattes. Au sommet de son courage et mû par le désir d'en découdre avec ce lâche qui fuyait trop rapidement, Garwalf lança la torche au derrière du monstre.

– Va te faire charbonner en enfer ! lui cria-t-il.

Le bruit des roseaux qui se brisaient sous le poids du grunnire résonna quelques instants encore dans le marais.

De plus en plus loin.

Et le silence revint.

12.

BELLE FLAMBAILLE

Garwalf aida Torelle à se relever. Cette dernière avait failli se briser la nuque. La tête encore nettement inclinée vers la gauche, elle félicita le jeune cuisinier pour sa flamboyante idée.

– C'était en effet une excellente trouvaille, admit Garwalf avec fierté. Ce monstre ne reviendra pas de sitôt nous voisiner.

Au bord du chemin, près des sacoches et des armes, Arthur revenait à lui. Il adressa un sourire hébété à ses amis :

– Je ne sais par quel miracle nous sommes toujours de ce monde, mais je remercie Dieu de nous avoir épargnés.

– C'est Garwalf qu'il faut remercier, corrigea Torelle. Grâce à sa bravoure et à son intell... Snif ? Snif ? C'est bizarre, ça sent le brûlé...

– ... À aucun moment je n'ai perdu espoir, continua Garwalf

au comble de sa prétention. Ce que la force n'obtient pas, l'esprit le gagne. C'est à présent ma devise et...

– Mais ça brûle ! s'écria Torelle. Quel bougre de niaiseux a mis le feu aux roseaux ?

– C'est... C'est-à-dire... bafouilla Garwalf. Dans mon élan, j'ai peut-être... un peu lancé la torche...

Le feu jaillit des hautes tiges. Les feuilles sèches et les épis enflammés déclenchèrent aussitôt de nouveaux foyers d'incendie.

– Comment peut-on être assez stupide pour lancer une torche au milieu des roseaux ? se désespéra Torelle.

– Je voulais être certain que ce monstre ne reviendrait pas, expliqua Garwalf sans grande conviction.

– Le vent a tourné. Il pousse le feu vers nous. Il faut partir au plus vite ! s'alarma la jeune fille. Sinon nous allons rôtir sur pied !

Arthur ramassa ses sacoches, son armure et récupéra son épée plantée dans la vase. Garwalf attrapa un sac de provisions et son arme. Torelle n'eut le temps de rien prendre. Les trois aventuriers commencèrent à courir. Les roseaux crépitaient derrière eux. Les flammèches tombaient autour d'eux. De tous côtés, le feu naissait.

– Nous devrions nous jeter à l'eau, proposa Garwalf, certain que Torelle n'y avait pas pensé avant lui.

– Mets un pied là-dedans, et les sangsues te rendront peut-être tes os.

– Euh... C'était juste une idée.

– La pire de toutes ! lui assura Torelle.

– Attendez-moi !

Arthur perdait du terrain. Empêtré dans ses sacoches, il tirait la langue et s'affaissait à chaque foulée sous le poids de ses bagages.

– Notre chevalier me semble plus habile en fableries qu'en exploits, nota la jeune fille.

– Sans vouloir être malpensif, je suis de ton avis, approuva Garwalf. S'il ne lui vient pas à l'esprit de se débarrasser de ses sacoches, les poils de son fessier vont bientôt flamboyer.

– Abandonnez votre fardeau ! hurla Torelle. Les flammes vous rattrapent !

– Jamais je ne me séparerai de ma fidèle épée, s'offusqua Arthur. Ni de mon armure. Et sans mes sacoches...

Deux roseaux incandescents frôlèrent ses oreilles en tombant. Le marais tout entier était la proie du feu. Arthur sentit la chaleur du brasier lui chauffer le dos, le derrière et bientôt le visage. Il lâcha les sacoches et l'armure. Son épée à la main, il rejoignit Torelle et Garwalf. Il les doubla même.

– Ne serait-ce point le chevalier De Baldaquin qui vient de nous dépasser ? demanda ironiquement Torelle.

– J'aurais moult difficultés à te renseigner, répliqua Garwalf, car il galopait trop vite et son visage était méconnaissable.

– Est-il possible que la fumée qui s'échappe de ses chausses soit à l'origine de l'affreuse grimace qui le dévisageait ? s'enquit encore Torelle.

– Ton explication est des plus vraisemblables, sourit Garwalf.

– AU FEUUUUU ! hurlait Arthur en détalant aussi vite qu'un lièvre.

Ses deux compagnons le suivaient sans ralentir, essayant de ne pas s'abandonner au fou rire qui leur secouait les côtes. Autour d'eux, le Gashel brûlait comme l'enfer, et une fumée épaisse s'élevait vers le ciel déjà noir.

13.
NOUVELLE RENCONTRE

Arthur trempait ses fesses dans le providentiel ruisseau qu'il venait de traverser. Le cours d'eau se tortillait au fond d'un val abrupt et rocailleux. Sur les hauteurs, les racines des arbres glissaient sur de longues pierres plates. Assis sur l'une d'elles, Garwalf et Torelle surplombaient la petite vallée.

– Sans ce rigot, notre chevalier perdait son fondement, se moqua Torelle.

– Il semblait en effet très pressé de se refroidier l'arrière-train, renchérit Garwalf.

Arthur, le derrière dans l'eau fraîche, ignorait les railleries de ses deux compagnons, tant son soulagement était grand.

Derrière eux, le marais crachait toujours d'épaisses volutes de fumée noire. Heureusement, la forêt était encore humide à cette époque de l'année et l'incendie ne se propagerait pas au-delà du Gaschel. Mais quelques animaux, effrayés par la proximité du feu, fuyaient sans prendre la peine de se cacher. Une harde de coches korônes, le mâle en tête, traversa le ruisseau dans le dos d'Arthur et disparut de l'autre côté du val. Une fois de plus, Arthur sursauta, ses fesses clapotèrent et le chevalier pâlit, prêt à s'enfuir ou peut-être à s'évanouir.

– Ce ne sont que des porcs sauvages, lança Torelle d'une voix vinaigrée.

– J'ai remarqué, messire Arthur, votre vive émotion, continua Garwalf. Tous les chevaliers de Papemort sont-ils aussi sensibles ?

Arthur De Baldaquin se releva et bomba le torse, essayant de prendre une pause respectable malgré sa culotte mouillée et trouée, sa bosse sur le front et ses joues empourprées.

– J'avoue, dit-il, que les derniers événements m'ont un peu bouleversé. Mais je te prie, mon ami, de ne pas douter de mon courage. Je suis un authentique chevalier sermenté, attifé, adoubé et entraîné.

– De moins en moins attifé, nota Torelle.

– Et fraîchement sermenté, soupçonna Garwalf.

– La jeunesse est un atout lorsqu'il s'agit de déplacer des montagnes, rétorqua Arthur.

– Faut voir, marmonna le jeune cuisinier.

– Pour l'instant, coupa Torelle, nous avons un problème de taille. Nos chevaux reposent dans l'estomac d'un grunnire, et il ne nous reste que deux épées et un sac de provisions sauvé par Garwalf. Pour couronner le tout, nous sommes perdus.

– Nous ne tiendrons pas longtemps avec ces quelques vivres, dit Garwalf en soupesant le sac.

Il l'ouvrit... et en retira une corde de chanvre, très résistante, mais absolument pas comestible.

Je n'ai pas eu le temps de vérifier, s'excusa-t-il.

Torelle, qui commençait à s'habituer à cette malchance récurrente, alla jusqu'à réconforter le cuisinier.

– Nous attraperons du gibier sans difficulté... grâce à nos deux épées, plaisanta-t-elle.

Puis elle avoua qu'elle ne connaissait pas ce curieux val. Mais, si on lui laissait un peu de temps, elle réussirait à s'orienter correctement et retrouverait le chemin de Forcelor.

Tout espoir n'était donc pas perdu.

D'autres coches korônes passèrent devant eux. Puis un chevreuil bondissant. Et un renard aux oreilles rabattues. L'incendie s'était propagé jusqu'à la lisière des bois, et leurs habitants abandonnaient leurs gîtes.

– Un nuiton ! sursauta Torelle. Vite ! Capturez-le, messire Arthur !

Garwalf repéra également la minuscule silhouette que Torelle pointait du pied. Elle n'était pas plus haute qu'une fouine. Arthur saisit son épée. Enorgueilli par la mission qu'on lui confiait, il chercha autour de lui où se cachait la créature que Torelle lui demandait de maîtriser. Le nuiton, qui traversait justement le ruisseau en trois bonds habiles sur de grosses pierres à fleur d'eau, passa entre les jambes du chevalier. Arthur le vit enfin. Il allongea le bras et abaissa son épée devant les pieds du petit être. Le marmou de la nuit, ébloui par l'éclat du métal, buta contre le plat de la lame et roula sur la rive.

– Cré Dieu ! Quel torpied ! apprécia Torelle.

– Notre chevalier a trouvé un adversaire à sa taille, pouffa Garwalf.

Les deux compagnons quittèrent leur rocher et rejoignirent Arthur au fond du val. Ce dernier posait fièrement sa botte sur la créature qui se débattait rageusement. Son épée plantée dans le sol, une main sur le pommeau et l'autre sur la hanche, il contemplait sa prise d'un air glorieux.

Garwalf s'agenouilla. C'était la première fois qu'il voyait un nuiton. Il en avait entendu parler à l'auberge, et celui-ci correspondait exactement à la description qu'on en faisait : une tunique en peau de rongeur, des cheveux en bataille qui ressemblaient à une crinière, un air renfrogné, et surtout deux grands yeux noirs et brillants aux pupilles invisibles.

– Ne risque-t-il pas de nous jeter un sortissement ? s'inquiéta Garwalf.

– Nenni, fit Torelle. Pogne-le en lui pinçant les bras pour l'empêcher de te griffer. Et prends garde aussi à ses dents.

– Mordre votre punaisie de viande ? Je ne tiens pas à attraper quelque contagion, vociféra le nuiton.

Garwalf le tenait bien serré entre ses mains. La colère du petit être le fit sourire.

– Cesse ton rigolage face de génitailles et libère-moi sur-le-champ ! enragea le nuiton.

– Tu crequèles pire qu'une pie, répliqua Arthur. Mais tu es notre prisonnier. Alors, à ta place, je serais moins arrogant.

– Approche un peu que je fasse rentrer ta belle bosse !

– Mais il m'insulte ! C'est insensé ! s'offusqua le chevalier De Baldaquin. S'il persiste dans ses vilenies, je vais devoir le provoquer en duel.

– Du calme, messire Arthur. Les nuitons sont d'humeur tempesteuse. Cependant, nous avons grand besoin de lui, car ces petits bonshommes connaissent la forêt mieux que personne.

Le visage du nuiton prit une teinte groseille :

– Petit bonhomme ? Tu t'es regardée, espèce d'orvet ? Tu veux peut-être mon doigt pour te décrotter le nez ?

Malgré sa fureur, le nuiton ferma ses paupières immenses et grimaça douloureusement.

– Allons nous mettre à l'ombre, conseilla Torelle en désignant un bosquet de jeunes bouleaux. Ces lutins nocturnes ne supportent pas la lumière du jour.

Les trois compagnons se glissèrent sous les branches et s'installèrent au pied d'un arbre. Le feuillage tamisait les rayons du soleil, et le nuiton put rouvrir les yeux.

– Je t'ai peut-être jugée un peu vite, l'infirme, lâcha-t-il à contrecœur.

– Nous ne te voulons aucun mal, lui dit Torelle. Nous avons seulement besoin de ton aide.

14.
UN ALLIÉ « DE TAILLE »

Le nuiton leur apprit qu'il s'appelait Sorgho. Sorgho-du-Gaschel, car il vivait à l'entrée du marais, dans un vieux tronc d'arbre creux. À présent, il devrait trouver un autre abri. Quand Torelle lui raconta de quelle façon ses compagnons et elle s'étaient débarrassés du grunnire, Sorgho, qui venait de voir son logis partir en fumée, lança un regard lourd de reproches à Garwalf.

– J'ai le sentiment qu'en vous fréquentant, on récolte plus d'ennuis qu'on en sème.

Torelle essaya de le rassurer. Certes, leur expédition – pourtant finement préparée – prenait des allures de catastrophe, mais la malchance y était pour beaucoup. Leur carte était fausse, le crâne d'Arthur avait été fort malmené, leurs chevaux s'étaient échappés et en voulant les retrouver, ils étaient tombés sur le grunnire qui avait dévoré leurs montures.

C'était bien de la malchance.

Or, comme chacun sait, la malchance tourne. Le pire était passé, et l'on pouvait sans doute s'attendre à plus de facilités dans l'avenir.

– En ces lieux, on ne croise pas grand-chose de bon, objecta le nuiton. Mais quel est le but de votre quête ?

Torelle apprécia que Sorgho aborde lui-même ce sujet. Elle savait que pour obtenir quoi que ce soit d'un nuiton, il fallait être patient et ne pas le brusquer. Protocole qui, à l'origine de leur rencontre, n'avait guère été respecté. Ces lutins aimaient savoir à qui ils avaient affaire, et détestaient par-dessus tout qu'on les presse. Ils se vexaient alors, et on ne pouvait plus rien en tirer.

En fine diplomate, Torelle expliqua que ses compagnons et elle cherchaient à se rendre au château du Guef, afin de récupérer un précieux bouclier que le sorcelier Mortemain avait dérobé au souverain de Papemort.

– Le roi Vassor, précisa le chevalier avec fierté, c'est mon père.

– Je n'ai jamais entendu parler de ce roi, fit plaisamment remarquer Sorgho. En revanche, j'aimerais pouvoir en dire autant de Mortemain.

– Tu le connais ? questionna Garwalf avec un peu trop d'empressement.

– Possible, répondit évasivement le nuiton.

D'un signe de tête, Torelle commanda à ses compagnons de la laisser mener cette discussion, et elle reprit les choses en main :

– Et que penses-tu de ce sorcelier, cher Sorgho ?

– Mortemain ? C'est un enchanteur de malheur qui rêve de régir la forêt à sa guise et de mettre la main sur les richetés d'Halequin. Le jour où il aura suffisamment de fortune pour lever une armée, ces lieux ne connaîtront plus de paix.

– Voilà pourquoi il a tant besoin du trésor du pape Ébenit, songea Torelle à haute voix.

– Sa galafre et lui ne sont qu'un ramassis de face de barbelote, continua Sorgho. Et je ne parle pas de sa fragone, son bastard de lézard purulent croisé avec un hérisson.

– Nous devons nous hâter ! coupa Arthur.

Torelle lui adressa un discret mais douloureux coup de genou.

Heureusement, le nuiton, emporté par sa fougue, ne prêta pas attention aux paroles du chevalier.

– Ils méritent qu'on leur fende la crabosse ! Qu'on leur botte le croupion ! enchaîna-t-il comme s'il s'apprêtait à livrer bataille. Qu'on les garrotte ! Qu'on les jette au fond d'un puits, et...

– Sais-tu que tu pourrais nous rendre un fier service ? intervint Torelle.

– Moi ?... Et de quelle façon ?

– En nous aidant à nous rendre au château de ce félon.

– Que je vous conduise sur les terrages de Mortemain ? Avez-vous perdu la raison ?

– C'est nous qui le combattrons. Il te suffira de nous montrer le chemin.

– Et pourquoi ferais-je cela ?

– Nous pourrions convenir d'une tribucion, proposa Torelle en se tournant vers Arthur.

Le chevalier fit aussitôt tinter les écus dans la bourse accrochée à sa ceinture.

– Ton or m'indiffère, dit Sorgho avec dédain.

Puis il gratta son épaisse touffe de cheveux. Au fond, la proposition semblait l'intéresser plus qu'il ne voulait l'admettre.

– Disons que... si je vous laisse profiter de mes savoirs... Vous me rapporterez une plume du derrière de la galafre de Mortemain.

– Une plume ! répétèrent en chœur les trois compagnons.

– Vous ne pourrez pas vous tromper : cet oiseau nauséabond ne quitte jamais son maître.

– Et pourquoi veux-tu une plume de sa queue ? demanda Torelle.

– C'est mon problème. Une plume. À prendre ou à laisser...

Garwalf haussa ses sourcils broussailleux. Torelle, assise en tailleur, frotta ses pieds l'un contre l'autre. Arthur hocha sereinement la tête et dit :

– Marché conclu. Conduis-nous au château du Guef, et tu auras ta plume.

– Attention, prévint Sorgo. Si tu ne tiens pas parole, je m'arrangerai pour que tu ne ressortes jamais vivant de cette forêt.

– T… Tu as ma parole de chevalier, bafouilla Arthur.

Il y eut un long silence. Le vent fit trembler les feuilles au-dessus d'eux. Le nuiton, soudain d'humeur joyeuse, frappa dans ses mains.

– Nous partirons dès le coucher du soleil. Je vous conseille de vous reposer avant notre départ. Vous aurez besoin d'être en forme.

Sur ces mots, Sorgho s'allongea entre deux racines, croisa ses mains sous sa tête, ferma ses grands yeux et s'endormit.

15.

À L'ASSAUT DU GUEF

Traverser la forêt d'Halequin la nuit n'avait rien d'une plaisante promenade. Les branches basses frappaient les visages, les ronces et les houx s'accrochaient sans cesse aux vêtements. Le bruit des pas sur les feuilles et les morceaux de bois mort semblait se propager à mille lieues à la ronde. Seul Sorgho était capable de se déplacer en silence.

– Moins de bruit, grogna le nuiton. Nous approchons du château.

Garwalf, Torelle et Arthur avaient beau regarder de tous les côtés, rien ne laissait présager la présence d'un château dans les parages. Cette forêt de chênes et de hêtres, aux troncs tordus ou boursouflés, paraissait sans fin. Même la lune, pourtant gibbeuse, avait du mal à pénétrer les feuillages épais pour éclairer les marcheurs.

La lumière, Sorgho s'en moquait. Ses yeux disproportionnés distinguaient parfaitement les obstacles. Il sauta par-dessus une grosse racine couverte de mousse en prenant son appui d'une seule main.

Torelle, qui ne quittait pas le nuiton des yeux, enjamba l'obstacle.

Garwalf posa le pied sur la mousse et glissa légèrement.

Son épée à la main, à l'affût d'un ennemi susceptible de le surprendre, Arthur trébucha sur la racine et s'étala de tout son long. Il se releva aussi vite qu'il était tombé et tenta de se justifier :

– Je... Je m'assurais qu'aucun chicaneur ne nous prenait à revers... et...

– Quelque chose me dit que je ne verrai jamais la couleur de ma plume, soupira Sorgho.

– Mais si, tu l'auras, reprit Arthur en se frottant les coudes. Nous ne ferons qu'une bouchée de ce Mortemain et de son lézard épineux.

Garwalf et Torelle échangèrent un regard las. Il était acquis que ce chevalier, bien qu'attachant, ne valait rien en matière de combat. La violente rencontre avec le chaudron l'avait peut-être affaibli, mais il devenait de plus en plus évident qu'Arthur De Baldaquin n'était qu'un piètre chevalier inexpérimenté, un débutant dans le métier.

– Maintenant, plus un bruit ! ordonna Sorgho.

Le petit groupe marchait sur la pointe des pieds. Le paysage n'avait pas changé, mais l'air se rafraîchissait. Soudain, une lueur apparut entre les arbres et chacun retint son souffle. Même Sorgho redoubla de prudence. Le halo lumineux s'agrandissait au fur et à mesure de leur progression. Un vent piquant se faufila entre les arbres et fouetta les visages. Ils arrivaient à la lisière d'une clairière baignée par la lumière de la lune. Le nuiton s'arrêta et se dissimula derrière le tronc d'un vieux chêne. Torelle s'accroupit près de lui. Garwalf et Arthur l'imitèrent.

– Par toutes les fantosmeries d'Halequin, ce château empuante les sortissements, chuchota Torelle.

Un donjon entouré de quatre solides murs se dressait vers le ciel. La pierre de ce château, d'un noir sec et profond, respirait le mal. La tour, plus haute que la cime des arbres, était surmontée d'un toit en pointe semblable à celui d'une église. À son sommet, une lueur vacillante filtrait par une minuscule fenêtre.

Sur le rebord de celle-ci, Sorgho distingua sans peine la galafre de Mortemain.

– Sale bestiare, jura-t-il. Un jour, je la viderai de ses ventrailles, je la ferai rôtir comme un vulgaire poulet et j'inviterai tous les nuitons d'Halequin à savourer sa chair.

La lune se cacha un instant derrière les nuages. Le château et la clairière disparurent dans la nuit. Il ne resta plus que la fenêtre éclairée, sur laquelle se découpait la silhouette de l'oiseau de proie.

– C'est l'endroit le plus sinistre que j'aie jamais vu,

murmura Garwalf. Ce château est une malédiction.

– Pour une fois, je suis de ton avis, dit Torelle. Et ce n'est pas notre chevalier tremblant qui nous contredira.

Arthur se leva aussitôt :

– Ce... C'est cette soflerie qui me fait claquer les chocottes ! Rien à voir avec la demeure de ce sorcelier. Je... Je vais d'ailleurs sans attendre profiter de l'ombraille pour fendre la porte de son repaire et récupérer le bien de mon père.

– Attendez !... Messire Arthur... Restez ici...

Malgré l'insistance de Torelle, le chevalier De Baldaquin, piqué au vif, décida de passer à l'action et de prouver sur-le-champ son courage. Sur la pointe des pieds, la tête rentrée dans les épaules et l'épée pointée vers l'avant, il traversa la clairière en direction du château du Guef.

Au bout d'une dizaine de pas, il disparut dans la nuit.

– Je vous ai parlé des ougrelins ? demanda Sorgho.

Torelle sursauta :

– Quels ougrelins ?

– Ceux qui aiment venir se baigner dans le lac chaudronneux, au nord du château du Guef.

– Il n'en a jamais été question ! Mortemain en a capturé deux l'année dernière. Il les a domestiqués pour garder son château.

– Et c'est maintenant que tu le dis ! s'emporta la jeune fille.

– ...Mieux vaut tard que jamais, marmonna Sorgho en haussant les épaules.

16.

ARTHUR À L'ŒUVRE

– Ils doutent de mon courage, ruminait Arthur. Ah ! Ils en doutent ! Je vais leur montrer, moi. Je vais lui en mettre une frottée à ce sorcelier, je vais l'embrocher, le larder, le chignoler...

Arthur De Baldaquin avançait vers le château du Guef en se frappant la poitrine. Il voulait en découdre. Le moment était venu pour lui d'accomplir un haut fait, et il était bien décidé à ne pas faillir à sa tâche.

Le chevalier se rapprochait du château quand les nuages s'écartèrent pour laisser la lune éclairer de nouveau le paysage. Il se tenait devant la porte de la forteresse.

Il resta un instant dubitatif en observant les imposants battants traversés par de larges ferrures, preuve qu'il savait parfois réfléchir avant d'agir. Puis, jugeant que son intelligence avait trouvé une réponse satisfaisante au problème qui lui était soumis, Arthur entreprit d'escalader l'obstacle en prenant appui sur les ferrures et en bloquant son épée dans l'interstice entre le mur et la porte.

« Comme si ce malheureux obstacle pouvait arrêter un preux chevalier », pensa-t-il.

Il avait retrouvé tout son courage et progressait rapidement ; la pointe de ses pieds trouvait des prises sur les protubérances métalliques et ses mains s'accrochaient à son épée. Il arriva bientôt au sommet de la porte, laquelle était surmontée d'une grille fermant l'ouverture en voûte et d'un rempart crénelé qui donnait accès au chemin de ronde.

Arthur rangea son épée à sa ceinture et empoigna les barreaux de la grille. Au prix d'un remarquable effort, il parvint à se hisser suffisamment pour atteindre le haut de la fortification. Les doigts crispés sur l'angle des pierres, il se laissa pendre dans le vide, balança son corps de gauche à droite et, d'un mouvement de reins, coinça son pied droit entre deux créneaux.

Le chevalier s'accommoda avec élégance cette inconfortable position. Le plus dur était fait. Il ne lui restait qu'à se redresser pour atteindre le chemin de ronde. Arthur De Baldaquin avait, jusqu'à présent, parfaitement mené son affaire. Il avait été à la hauteur de sa tâche et de son rang. Hélas, il n'eut pas le temps d'aller plus loin. Une tête hirsute apparut entre les créneaux : un monstre au regard écrasé par un front trop bas.

– Onk ! Onk ! grogna-t-il en levant un poing massif au-dessus du crâne d'Arthur.

Le chevalier, qui relevait la tête au même moment, entrevit furtivement l'ougrelin. Puis il sentit son pariétal aplatir son occipital et son maxillaire supérieur claquer brutalement contre son maxillaire inférieur. Ses mains lâchèrent les remparts et son pied glissa.

Il tomba comme une pierre.

Au terme de sa chute, il s'enfonça de quelques pouces dans la terre humide.

La porte du château s'ouvrit. Un second ougrelin apparut.

– Gronk ! Gronk ! rouscailla-t-il avec un air satisfait.

Il saisit Arthur par les cheveux et le tira à l'intérieur.

Et la porte se referma.

– Notre preux chevalier a fait preuve d'un courage exemplaire, constata Torelle, toujours dissimulée à la lisière de la clairière.

– Je crains que ce nouveau choc ne lui fasse définitivement perdre la raison, s'inquiéta Garwalf.

– Un instant, j'ai cru qu'il réussirait, regretta sincèrement Sorgho.

Torelle se leva et déclara :

– Le moment est venu de nous dégourdir les jambes.

– D'accord ! dit Garwalf. Courons le plus vite possible jusqu'à Forcelor. Reprenons nos occupations et oublions toute cette histoire.

– Nous allons pénétrer dans le château du Guef, continua Torelle comme si elle n'avait rien entendu, et porter secorrance à messire Arthur.

– Si j'implore Fauchelor de me reprendre à son service, j'ai bon espoir qu'il accepte, persista le cuisinier.

– Garwalf, sors la corde de ton sac, insista la jeune aventurière.

– Je ne suis pas né pour parcourir le monde. Je suis sur terre pour curer les chaudrons et...

– La corde ! commanda Torelle en lui bottant les fesses.

Garwalf lui lança un regard suppliant. Pourquoi ne pas rentrer sagement ? Ils avaient trouvé le château, et il était clairement impossible d'y pénétrer. Pourquoi s'obstiner ?

Hélas, Torelle demeurait sourde à ses arguments. Et, seul, Garwalf savait qu'il ne retrouverait jamais son chemin. À contrecœur, il sortit la corde de chanvre de son sac. Elle mesurait une trentaine de pieds. C'était suffisant.

– Eh bien... Bonne chance, leur dit Sorgho en s'apprêtant à les quitter.

– Non, non ! fit Torelle en posant un pied autoritaire devant lui. Tu restes avec nous. C'est même grâce à toi que nous allons pouvoir entrer dans cette forteresse.

Le nuiton gloussa nerveusement et avala à grand-peine la boule de salive coincée dans sa gorge.

– Si tu veux ta plume, tu vas devoir la gagner, lui annonça Torelle.

À son tour, Garwalf se pencha vers Sorgho en fronçant les sourcils. Ce minus comptait-il s'en tirer si facilement ?

– Nous, on n'aime pas les couards, grogna-t-il. Maintenant, on est tous sur la même potence.

Le nuiton apprécia la rapidité avec laquelle Garwalf pouvait changer de camp, mais il se garda d'en faire la remarque. Coincé entre le pied de Torelle et la face hargneuse de Garwalf, Sorgho dit simplement :

– Ben... Si vous ne pouvez vraiment pas vous passer de moi... Je veux bien vous aider.

17.

SANS LES MAINS !

La lune se cacha de nouveau. Torelle donna le signal du départ et fila ventre à terre vers le château. Avec quelques longueurs de retard, Garwalf et Sorgho la suivirent. Ils n'étaient encore qu'à mi-parcours quand la galafre poussa un cri perçant. On la devinait, perchée en haut du donjon, scrutant les alentours en quête d'une proie. Le sang de Sorgho se glaça. Il bondit sur le dos de Garwalf, qui avançait presque à quatre pattes tant il craignait d'être repéré. Le nuiton se réfugia sur son épaule et s'accrocha à ses cheveux.

– Pas de panique, chuchota Garwalf. Ici, tu es en sécurité.

Pour la première fois de sa vie, quelqu'un cherchait protection auprès de lui. Garwalf endossa avec fierté cette responsabilité. Son existence prenait un sens nouveau. Lui vivant, personne ne mangerait ni n'écraserait Sorgho. Il était prêt à affronter n'importe quel ougrelin pour protéger ce petit être vulnérable... Du moins le pensait-il sincèrement.

La lune réapparut. Garwalf rejoignit Torelle juste à temps et reprit son souffle, tandis que la jeune fille lâchait la corde qu'elle serrait entre ses dents :

– À toi de jouer, Sorgho.

Le nuiton quitta à regret l'épaule de Garwalf. Il s'empara d'une extrémité de la corde et l'attacha à sa taille.

– Je connais un très bel endroit dans la forêt où vous pourriez dormir tranq...

– Monte, le coupa Torelle avec un soupçon d'impatience.

Sorgho acquiesça. Sans ajouter un mot, il commença à escalader le mur du château.

– Sois prudent, lui conseilla Garwalf.

De prudence, le nuiton n'en manquait pas. De dextérité non plus, d'ailleurs. Ses pieds et ses mains se glissaient avec assurance entre les pierres. Il ne lui aurait pas été plus difficile de monter à une échelle. Il progressait à une vitesse impressionnante, et atteignit rapidement le haut de la fortification. Une fois au sommet, il adressa à ses compagnons un petit signe révélateur d'une fierté justifiée.

Garwalf y répondit le premier. Torelle esquissa un coup de menton.

Le nuiton ôta la corde de sa taille, l'attacha autour d'un créneau et lança l'autre bout par-dessus la muraille. Au même moment, la galafre se fendit d'un rire sordide et ses ailes claquèrent. La lune s'illumina d'une blancheur sans vie. Garwalf et Torelle se plaquèrent contre les pierres. Sorgho se coucha dans l'ombre du créneau et cessa de respirer.

Le sifflement du vent dans les plumes s'intensifia.

La galafre masqua la lune quand elle survola le nuiton. Son bec crochu, à demi-ouvert, laissait apparaître une langue triangulaire d'un rouge sanguin. De part et d'autre de ce terrible crochet, deux yeux jaunes aux pupilles dilatées lorgnaient en fait du côté de la clairière, à la recherche d'un repas.

L'oiseau monstrueux continua son vol plané et s'éloigna vers la forêt.

Sorgho, au bord de l'asphyxie, inspira profondément.

– À toi, Garwalf, dit Torelle au pied de la muraille.

Le cuisinier saisit la corde, tira dessus pour en éprouver la solidité et commença à grimper. Il avait assez de force pour se hisser en s'aidant de ses pieds et prendre appui contre le mur. Arrivé en haut, il se faufila entre deux créneaux et rejoignit Sorgho sur le chemin de ronde.

– Torelle ne pourra jamais monter à cette corde, lui confia immédiatement le nuiton.

Le cuisinier y avait bien pensé, mais il n'avait pas osé évoquer cette difficulté devant la jeune fille. Il était en effet inimaginable de gravir le mur d'enceinte sans bras.

Garwalf passa la tête entre les créneaux pour connaître les intentions de Torelle. Sorgho s'avanca également. Tous deux ouvrirent de grands yeux. Elle avait déjà parcouru la moitié du chemin. Serrant la corde entre ses dents, elle remontait ses jambes le long de l'épaisse tresse de chanvre, qu'elle coinçait ensuite entre ses pieds. Elle dépliait alors ses genoux pour remonter le haut de son corps, laissant glisser la corde entre ses mâchoires. Elle progressait ainsi à un rythme régulier, sans montrer le moindre signe de fatigue. Au sommet du mur, elle serra une dernière fois la corde entre ses dents et balança son corps de gauche à droite, afin de créer un mouvement de balancier suffisant pour la projeter au-dessus des créneaux. Garwalf et Sorgho la suivirent du regard, estomaqués et admiratifs. Elle effectua un remarquable saut, et atterrit avec souplesse sur le chemin de ronde.

– Récupérons la corde et hâtons-nous, dit-elle à mi-voix. Si nous tardons, je ne donne pas cher de la peau de notre chevalier.

18.

ADORABLES OUGRELINS

Garwalf, Torelle et Sorgho venaient de descendre du chemin de ronde. Ils traversèrent la cour du château sur la pointe des pieds, soucieux de ne pas attirer l'attention d'un ougrelin, et rejoignirent le donjon sans encombre. Cependant, ils n'eurent pas le temps de se demander comment ils allaient y pénétrer : la lourde porte s'entrouvrit vers l'intérieur en grinçant.

Torelle se cacha à droite de l'entrée, tandis que Garwalf se plaquait contre le mur, à gauche, avec Sorgho sur son épaule.

Le grincement s'arrêta. La lumière citrouillesque d'une torche flottait devant l'ouverture.

Précédé, par son ombre, un ougrelin apparut. Le regard aplati, le nez lourd, le corps velu à peine couvert par une tunique déchirée. Sa tête hideuse effleura le linteau. Il fit un pas à l'extérieur. Aussitôt, le pied de Torelle le frappa à l'estomac. Il lâcha un beuglement sec, se plia en deux, ses mains énormes appuyées sur son ventre flasque.

– Garwalf ! La nuque ! s'écria Torelle.

Garwalf se décolla du mur, brandit ses mains jointes au-dessus de sa tête et les abattit sur le cou de l'ougrelin, qui se trouvait maintenant à sa hauteur.

Le coup fut terrible. Il aurait certainement fendu une bûche bien sèche... mais il n'était pas assez puissant pour assommer un ougrelin. Ce dernier ne broncha pas, se contenta de tourner sa face sordide vers Garwalf, sourit, dévoilant des canines carnassières, ternes et pointues.

Puis il se redressa en grognant.

Torelle s'élança pour lui assener un nouveau coup de pied, mais l'ougrelin n'était pas disposé à se faire surprendre une seconde fois. Comme s'il avait des yeux derrière la tête, il para le coup d'un geste de la main et envoya la jeune fille rouler dans la poussière.

Elle était à sa merci.

L'ougrelin aurait pu l'achever sans mal, mais il n'en fit rien : c'était Garwalf qui l'intéressait pour l'instant. Garwalf, pétrifié par la peur, incapable de bouger, les pupilles dilatées et les bras ballants. Le monstre avançait ses mains géantes vers lui, comme pour l'étrangler, ou lui briser la nuque, ou peut-être les deux ! Allongée sur le sol, Torelle releva la tête : elle n'avait pas le temps de venir en aide à son compagnon, au plus grand désespoir de

Sorgho, agrippé à l'épaule de Garwalf. Le nuiton tremblait de tous ses membres : c'était lui que l'ougrelin dévorait des yeux. Il étranglerait évidemment le jeune cuisinier au passage, mais cette sale bête convoitait surtout le lutin, car ces monstres raffolaient des petits êtres de la forêt. Ils les torturaient, les terrifiaient jusqu'à les rendre fous, s'amusaient à se les lancer et pratiquaient sur eux toutes sortes d'expériences abominables... Avant de les avaler !

Et ce crétin de Garwalf restait planté là !

Les pattes de l'ougrelin n'étaient plus qu'à quelques pouces de Sorgho. En désespoir de cause, le nuiton administra une claque à Garwalf, avant de lui hurler dans l'oreille :

– Les génitailles !

Garwalf sursauta. Simultanément, il sentit une paluche velue envelopper sa gorge et commencer à serrer, serrer... Mais le visage du monstre se tordit bientôt, et son sourire féroce se transforma en grimace de douleur : le genou de Garwalf venait de le frapper entre les jambes, écrasant sans retenue ce qu'il convient de ménager de toute brutalité. L'ougrelin émit un braillement aigu. Il desserra son étreinte et tomba à genoux, pressant des deux mains l'indiscutable point faible de son anatomie.

Garwalf recula. L'ougrelin continuait de s'affaisser dans une longue plainte. Torelle se redressa et s'élança vers lui. Elle s'éleva au-dessus du monstre et retomba à pieds joints sur sa nuque. Des vertèbres craquèrent et l'ougrelin s'étala définitivement, son gros nez écrasé contre le sol.

Sorgho quitta l'épaule de Garwalf, s'approcha du corps inerte et le renifla prudemment. Il tendit la main et en arracha un long poil. La masse velue ne bougea pas.

Torelle conseilla à Garwalf d'attacher solidement l'ougrelin avec la corde avant de partir à l'assaut de la tour.

19.

FACE-À-FACE

Torelle, Garwalf et Sorgho franchirent la porte du donjon et s'engagèrent prudemment dans l'escalier en colimaçon. Au premier étage, ils découvrirent une porte close. Le nuiton y colla son oreille, mais son ouïe très fine ne décela aucun bruit.

Les aventuriers continuèrent leur progression vers le sommet de la tour. Les étages suivants ressemblaient aux précédents. Des torches, accrochées aux murs, éclairaient confortablement l'escalier, qui s'arrêta bientôt devant la dernière porte. Les trois compagnons étaient arrivés au sommet du donjon.

Le repaire de Mortemain se trouvait certainement là.

Le but de leur quête.

Tout proche.

Mais cette ultime épreuve s'annonçait très périlleuse.

– Le second ougrelin est peut-être aussi à l'intérieur, chuchota Torelle.

Garwalf sortit son épée courte, sans grande conviction.

– J'ai... J'ai peut-être une idée, souffla Sorgho.

Arthur ouvrit les yeux. Il reprenait lentement ses esprits. Il avait l'impression de nager sous l'eau. Tout lui semblait liquide ! Les meubles et les objets se noyaient dans les flottements imprécis de son cerveau. Le chevalier secoua la tête et la pièce retrouva des contours plus nets.

Les murs arrêtèrent enfin de bouger.

Des yeux le fixaient.

Des yeux sombres plantés dans un visage fin et anguleux.

– Soyez le bienvenu, cher ami. Vous m'accorderez merci pour le désordre, mais je ne m'attendais pas à recevoir de la visite au milieu de la nuit.

L'homme s'inclina poliment et Arthur remarqua aussitôt sa main artificielle. Une véritable pince de torture !

– M... Mortemain, bredouilla-t-il.

– Pour vous servir, répondit le sorcier sur un ton parfaitement cynique.

Malgré la douleur qui lui vrillait le crâne, Arthur tenta de se redresser, mais deux mains épaisses et poilues le maintinrent sur son fauteuil.

– Je ne vous conseille pas de contrarier mon ougrelin, fit

Mortemain. Vous n'aimeriez certainement pas goûter une nouvelle fois à la vigueur de ses poings.

Arthur n'insista pas. Il se savait dans de fort mauvais draps, et jugea inutile de risquer encore un traumatisme crânien.

La porte de la pièce s'ouvrit alors. Sorgho apparut dans l'encadrement, suffisant et provocateur :

– Ça pue l'ougrelin, ici ! s'exclama-t-il. Je me demande comment tu peux supporter ces sales pécores, Mortemain... À moins que tu n'appartiennes à la même espèce ?

– Onk ! fit l'ougrelin. ONK ! ONK !

Il trépigna d'excitation à la vue du nuiton. Le parquet craqua et toute la pièce trembla.

– Qu'est-ce que... ? commença le sorcier, mais déjà, le monstre se précipitait vers Sorgho.

– Attends ! Reviens ici ! ordonna Mortemain, sentant le mauvais coup.

L'ougrelin ne l'écoutait plus. Il courait vers la porte, les bras tendus.

– Ah ! Cette empuanterie vient vers moi ! dit Sorgho en se bouchant le nez. Au secours !

Il fit volte-face, sauta dans l'escalier et se coucha sur la première marche. L'ougrelin arriva à la porte. Au moment où il passait le seuil, deux jambes se tendirent. Le monstre n'eut pas le temps de les éviter. Il trébucha et son corps s'inclina dangereusement vers l'avant.

– Onk ?

Ce furent ses dernières paroles avant de plonger tête la première dans l'escalier. La suite ne fut qu'un vacarme ahurissant, un roulement ponctué de cris, de claques, d'éclatements, de martèlements ; un raffut du diable qui s'estompait au fur et à mesure que l'ougrelin rejoignait le rez-de-chaussée du donjon.

Sorgho réapparut derrière la première marche. Le nuiton était encore tout surpris que son plan ait si parfaitement fonctionné. Garwalf et Torelle entrèrent dans la pièce. Cette fois, Mortemain n'avait plus de gardes pour le défendre ! Mais les compagnons de Sorgho s'immobilisèrent au bout de deux pas.

– Vous allez devoir vous montrer très raisonnables si vous souhaitez récupérer celui qui est, je le suppose, votre ami.

Sorgho s'avança sur le palier. Entre les jambes de Torelle, il aperçut Arthur, sur son fauteuil, la tête tirée en arrière et la main acérée du sorcier posée sur sa gorge.

– Alors ? Qui vous envoie ? interrogea Mortemain.

– Nous venons reprendre l'Œil de Bézoard, dit crânement Garwalf en désignant le bouclier posé sur le pupitre.

– C'est bien lui, confirma le sorcier. Hélas, si vous faites un pas de plus, je tranche la gorge de votre complice.

– Ch... Chevalier De... Baldaquin, précisa difficilement Arthur.

– De Baldaquin ? C'est donc la couraille du roi qui vient me quester chamaille ? Un chevalier au crâne fragile, une jouvencelle sans bras et un gueux velu ? Vassor n'a-t-il plus d'armée ?

– Vous avez dérobé un bien qui appartient à la cité

de Papemort. Nous sommes mandatés par le chevalier De Baldaquin pour le récupérer, répliqua Torelle.

– C'est... la vérité, déglutit Arthur.

Pour toute réponse, Mortemain éclata de rire. Cela faisait longtemps qu'il n'avait pas ri d'aussi bon cœur. Certes, ses visiteurs venaient de lui occire un ougrelin. Mais n'empêche. Il riait.

– Ça suffit ! l'interrompit Garwalf en sortant son épée. Libérez messire Arthur et rendez-nous le bouclier.

– Vous avez raison, approuva Mortemain. Arrêtons-là ces menus plaisirs.

Le sorcier étendit sa main valide vers l'épée d'Arthur, posée près du bouclier.

– Rapum tamium crapeoudi tak voltilus, récita-t-il.

L'arme s'agita. Elle se souleva et flotta au-dessus de la table, avant que sa pointe ne se dresse vers le plafond !

Puis l'épée s'avança vers Garwalf et Torelle.

– Voyons un peu si vous savez combattre, dit Mortemain avec une satisfaction évidente.

Garwalf brandit son épée qui, comparée à celle d'Arthur, avait à peu de chose près la taille d'un cure-dents. L'épée ensorcelée l'attaqua de face, mais il réussit à parer vaillamment le premier coup. Au second assaut, son arme lui échappa des mains et retomba dans un coin de la pièce.

– Vous voici en fâcheuse posture, commenta le sorcier.

Torelle se tenait derrière Garwalf, qui regardait l'épée

d'Arthur se dresser une nouvelle fois au-dessus de sa tête.

– Le bouclier, souffla-t-elle.

Elle leva son pied à hauteur des fesses de Garwalf et projeta de toutes ses forces le cuisinier en avant. L'épée frôla les cheveux du jeune garçon et la pointe siffla au nez de Torelle.

Garwalf traversa la pièce, les bras en avant, et s'étala sur le pupitre du sorcier, renversant au passage les précieux grimoires.

– Ne touche pas à ça ! enragea Mortemain.

D'un geste de la main, il lança l'épée à sa poursuite. Garwalf saisit l'Œil de Bézoard juste à temps, se recroquevilla dessous avant que l'arme ne s'abatte sur lui. Un bruit de cloche résonna dans la pièce. L'épée s'acharna sur le bouclier sans pouvoir atteindre Garwalf.

Un cri perçant s'ajouta soudain au tumulte : la galafre de Mortemain rentrait bredouille de sa chasse. Elle se posa sur la fenêtre du donjon et considéra de son regard morbide les différents événements qui se déroulaient dans la pièce. Une boule de poils juchée sur le pupitre se cachait sous un bouclier martelé par une épée en lévitation, Mortemain s'apprêtait à égorger un chevalier juvénile plutôt pâle. Près de la porte, une jeune fille sans bras semblait ne plus savoir où donner de la tête. L'ensemble augurait une soirée pleine de réjouissances, où la viande ne manquerait pas.

Sorgho sursauta à la vue de l'oiseau. Tiraillé entre la peur et l'espoir, son esprit vif entrevoyait déjà une solution aux difficultés que traversaient ses amis. Sans hésiter, il s'élança dans la pièce. La galafre ouvrit son bec et sortit sa langue. Le nuiton accéléra l'allure et sauta sur le fauteuil où se tenait Arthur. En deux bonds, il atteignit le dossier. Là, il prit une profonde inspiration et se jeta au visage de Mortemain. Faisant abstraction du dégoût que lui inspirait le sorcier, il s'accrocha à ses oreilles et se plaqua contre sa face cadavérique.

– Mais ? Mais... Qu'est-ce... ? bafouilla Mortemain.

La galafre émit un piaillement gourmand. Elle déploya ses ailes et fondit griffes en avant sur le nuiton. Sorgho attendit le dernier moment pour lâcher les oreilles du sorcier. Il se laissa tomber alors que la galafre allait planter ses fers dans son dos... et c'est dans le visage du sorcier qu'elles s'enfoncèrent !

– AAAaaaah ! hurla ce dernier.

Il saisit le volatile de sa main valide, l'arracha de sa figure et, d'un geste rageur destiné à soulager sa douleur, l'envoya éprouver la solidité du parquet.

Torelle ne rata pas l'occasion. Elle prit son élan, s'éleva dans les airs, et d'un magnifique coup de pied, elle projeta Mortemain contre le mur de son donjon. Il resta un instant collé aux pierres, comme s'il les embrassait, avant de s'affaisser, lentement mais sûrement, et de s'étaler aux côtés de sa galafre au plumage en désordre.

Au même instant, l'épée retomba une ultime fois sur l'Œil de Bézoard. Garwalf, un peu sonné, émergea de derrière le bouclier.

– Vite, fuyons ! ordonna Torelle.

Arthur se leva avec peine. Sorgho s'acharnait à arracher une poignée de plumes du croupion de la galafre. Garwalf abandonna le pupitre et se précipita vers la sortie, le bouclier dans une main, l'épée du chevalier dans l'autre.

La galafre couina. Les plumes venaient enfin de céder. Sorgho en choisit une et rejoignit à toutes jambes ses compagnons dans l'escalier.

Mortemain rouvrit un œil et releva la tête.

– Vous ne vous en tirerez pas comme ça ! rugit-il en essuyant son visage ensanglanté.

20.
MORTEMAIN S'EN VA-T-EN GUERRE

Deux plaies profondes ornaient le visage de Mortemain. Elles partaient du coin de chaque œil, descendaient jusqu'en bas des joues et n'arrangeaient en rien le physique par avance ingrat du sorcier, que la colère achevait de défigurer :

– Ils me le payeront de leur vie ! jura-t-il.

Il buta dans sa galafre au postérieur déplumé, l'envoya voler plus loin d'un coup de pied hargneux, puis il traversa la pièce à grandes enjambées et sortit.

Les marches claquèrent sous ses pas.

En bas du donjon, il passa sans compassion sur le corps de l'ougrelin, dont les membres formaient des angles étranges.

Dans la cour, il ne prêta pas plus attention à son second garde, qui tentait en vain de défaire ses liens.

Mortemain n'avait qu'une idée en tête : se venger. Et pour parvenir à ses fins, il comptait employer les grands moyens... Il remarqua que la porte du château était ouverte. Les fuyards pouvaient courir : il n'aurait aucune difficulté à suivre leur trace.

Le sorcier se dirigea vers les oubliettes de son château, situées sous le donjon. Il ouvrit la trappe qui en permettait l'accès et descendit un large escalier en pierre. Derrière une imposante grille, sa fragone se mit à frétiller de joie en l'apercevant. Le monstre accueillit son maître en grattant le sol et en frappant les murs avec sa queue.

– COUCHÉ ! ordonna Mortemain en pointant sa main métallique vers la bête.

La fragone obéit.

Le sorcier ouvrit la grille et attacha une solide chaîne au collier du monstre.

– Tu auras de la viande fraîche avant le lever du soleil, lui promit-il.

La bête gémit de plaisir, se tortilla d'impatience et abandonna, comme à son habitude, quelques flatuosités longues et sonores.

– Ignoble bestiare ! grimaça Mortemain en se bouchant le nez. Ne peux-tu pas attendre d'être dehors pour lâcher tes ventosités ?

Il remonta dans la cour avec la fragone, qui en profita pour faire une nouvelle démonstration de son manque de savoir-vivre. Mortemain s'accorda deux ou trois bouffées d'air pur avant de faire renifler le sol à l'animal devant la porte du château.

– Tue-les ! ordonna-t-il.

Sa voix d'outre-tombe reflétait à la perfection la rancune qui l'animait.

La fragone démarra aussitôt. La chaîne se tendit, un peu trop brutalement sans doute. Le lézard lobotomique traîna Mortemain sur une dizaine de pas.

– Stupide bourrique ! s'emporta le sorcier en se relevant. Même une huître a plus d'esprit que toi !

Il se soulagea en rouant de coups de pied la fragone-fouette-queue.

Cette dernière grogna en découvrant ses dents. En réponse, Mortemain leva sa main de métal :

– C'est par ta faute si j'ai ce moignon ! lui rappela-t-il. Grogne encore une fois et je l'enfonce dans ton crâne mou !

La fragone baissa la tête. Même si elle représentait un soutien inestimable pour le sorcier, elle n'aurait jamais assez d'une vie pour se faire pardonner sa gourmandise. Un moment d'égarement. Une stupide méprise. Une confusion accidentelle entre une tête de gnome alléchante et la main de son maître, qui s'apprêtait à la lui jeter en pâture. Quand son appétit était trop grand, la fragone avait du mal à se contrôler.

Mortemain s'installa sur son dos et dit :

– Retrouve-les, et tu pourras te régaler, je te le garantis !

Le lézard géant renifla avec application. Le nez au ras du sol, il reprit sa course, un peu alourdi par sa charge.

La lune brillait dans un ciel noir.

Mortemain, sur sa monture, quitta la clairière et s'enfonça dans la forêt.

21.

LES ADIEUX DE SORGHO

Garwalf, Torelle, Arthur et Sorgho s'arrêtèrent enfin de courir. La nuit était magnifique, et ils pouvaient savourer leur exploit : l'Œil de Bézoard était entre leurs mains. Arthur le remettrait bientôt à son père, qui les récompenserait, lui et ses compagnons. Ils seraient accueillis en héros. En sauveurs.

– Ton mariement avec la douce Vialyne est en bonne voie, plaisanta Torelle.

Garwalf rougit sous ses poils, qui repoussaient déjà. Son rêve était près de se réaliser. Jamais il ne retournerait curer les chaudrons à l'auberge. Quand il y entrerait de nouveau, ce serait pour s'asseoir à la grande table et conter ses exploits.

– Sorgho, nous te devons beaucoup, déclara solennellement Arthur. Sans toi, nous ne serions pas venus à bout de Mortemain.

– Ne soyez pas modeste, chevalier Arthur, répondit malicieusement le nuiton. Votre idée de vous faire capturer pour détourner l'attention des gardes était excellente... Vous auriez seulement dû nous prévenir de votre stratégie.

– C'est-à-dire... Je l'ai quelque peu improvisée.

– Cela n'a plus d'importance. Votre plan était de toute façon remarquable.

– Vous avez joué votre rôle à la perfection, ajouta Garwalf. Votre chute du haut de la muraille après que l'ougrelin vous eut sonné le crâne, était parfaitement vérable.

– Et quand Mortemain menaçait de vous égorger, compléta Torelle, j'ai vraiment cru que vous étiez sur le point d'appeler votre génitrice !

Arthur baissait la tête, tordait ses doigts. Il ne savait que répondre à ces allusions moqueuses.

– Voici votre bouclier, messire Arthur, reprit Garwalf. Et je vous remercie dès à présent de m'avoir convaincu de vous suivre dans cette aventure.

Arthur, ému au-delà de toute virilité, redressa la tête, le regard humide. D'une main tremblante, il prit l'Œil de Bézoard.

– Vous êtes très touchants, coupa Sorgho, et j'ai passé un excellent, quoique périlleux séjour en votre compagnie. Mais je dois vous quitter... Et je vous conseille de ne pas traîner dans les parages. Mortemain va sans aucun doute se lancer à votre poursuite.

– Rentre avec nous, proposa Arthur. Nous partagerons la récompense et...

– La fortune ne m'intéresse pas, fit Sorgho d'un air dédaigneux. Soyez prudents et retournez vite à Forcelor.

– Sans regret ? insista Arthur.

– Absolument.

– Et nous... nous reverrons-nous un jour ? demanda Garwalf.

– Si vous repassez du côté du marais... Enfin, si vous avez besoin d'un service, criez trois fois mon nom à la tombée du jour. Je vous trouverai, marmonna le nuiton.

– Merci pour tout, Sorgho, dit Garwalf en se baissant pour lui serrer la main.

Arthur l'imita. Puis Torelle s'agenouilla devant lui. Ne sachant que faire de ses mains, le nuiton resta les bras ballants. Torelle déposa un baiser sur sa joue.

– Cont... continuez sur ce chemin, indiqua Sorgho d'une toute petite voix. Toujours tout droit. Vous dépasserez sur votre droite les sables mouvants. De là, vous apercevrez la Tour aux Sept-Œil. Empruntez le chemin opposé à sa direction et vous arriverez au pied des montagnes de Gadel. Surtout ne vous en approchez pas. Là, une route qui descend vers le sud vous conduira jusqu'à la Lande Garenne. Forcelor apparaîtra à l'horizon après-demain, si vous marchez à bonne allure.

Après un dernier signe d'adieu, le nuiton s'éloigna.

– Bonne chance, lança Garwalf.

– Nous nous reverrons, assura encore Arthur.

Cette fois, Sorgho avait disparu entre les arbres. Un vent frais s'était levé, ou ils le sentaient seulement maintenant que le nuiton était reparti. Arthur, Garwalf et Torelle auraient aimé lui exprimer davantage leur gratitude, mais celui-ci ne leur en avait pas vraiment laissé le loisir.

– J'ai oublié de lui demander ce qu'il allait faire de sa plume, murmura Garwalf.

– Il nous a dit de ne pas nous attarder, rappela Torelle. Je pense que nous devrions suivre son conseil.

Arthur et Garwalf n'eurent pas le temps d'approuver : un frottement répété attira leur attention. Un souffle lourd.

Au bout du chemin, à une centaine de pas, ils aperçurent la fragone, dont le ventre raclait le sol. Elle reniflait à droite, à gauche, en tirant une longue langue bifide. La silhouette de Mortemain se dessina, perchée sur son dos, frappant les flancs de la bête de ses talons.

Arthur, Garwalf et Torelle démarrèrent comme si une flèche leur avait piqué le derrière. Heureusement, le chemin tournait et le sorcier ne les vit pas décamper ; il était trop occupé à faire avancer sa monture :

– Par les sabots du Mal, qui m'a donné une feignasse pareille ? Presse-toi, sale carne ! Soulève ton fondement ! Allez !

Désireuse de satisfaire son maître, la fragone y mettait toute la bonne volonté dont elle était capable, mais ses pattes s'arquaient malgré elle. Elle n'avait pas les qualités d'un cheval et fatiguait vite. Après une centaine de pas de plus, elle s'effondra au milieu du chemin, épuisée.

Mortemain abandonna sa monture et lui témoigna une fois de plus son attachement par une avalanche de coups de pied.

– En avant ! enragea-t-il en tirant sur la chaîne. J'ai le sentiment que ces pourceaux ne sont pas loin. Ils ne doivent pas m'échapper ! Tu entends ?

La fragone rassembla ses forces, se releva péniblement et se remit en route à côté de son maître, qui bouillonnait de colère. Elle reniflait chaque pierre, chaque touffe d'herbe et s'arrêta bientôt : ici, les odeurs étaient plus fortes. Aucun doute, les hommes que son maître poursuivait s'étaient reposés à cet endroit. Mais les pistes se séparaient. L'une d'elles quittait le chemin.

– Alors ? s'impatienta le sorcier. Tes naseaux seraient-ils troublés par ta propre empuanterie ? Vas-tu encore parfumer la forêt de tes vesses malodorantes ?

La fragone ne se laissa pas troubler par la mauvaise humeur de son maître. Elle choisit la piste principale. Des odeurs toutes fraîches, facilement identifiables. Des humains. Deux hommes et une femme. Une femelle. La fragone adorait leur viande juteuse et bien tendre.

Du coup, elle retrouva quelques forces et accéléra le pas.

22.

UNE FRAGONE AUX TROUSSES

Être poursuivi par une fragone est certainement l'une des choses les plus désagréables qui soient. Le pire étant, bien sûr, de se faire rattraper. Arthur, Garwalf et Torelle galopaient donc avec ardeur, regrettant plus que jamais l'absence de leurs destriers dévorés la veille par le grunnire.

Ils coururent plusieurs lieues sans s'arrêter et atteignirent enfin une clairière sablonneuse, où ils prirent garde de ne pas poser le pied car ce sable mouvant avait, disait-on, englouti autrefois une armée entière.

Torelle repéra sans mal la Tour aux Sept-Œil, une ruine percée de sept fenêtres rondes, miraculeusement accrochée à un piton rocheux inaccessible. Les trois compagnons respectèrent les indications de Sorgho et prirent la direction opposée. Ils se remirent à courir, leur foulée commençait à s'alourdir, dans l'espoir d'apercevoir au plus tôt les montagnes de Gadel. Sur les hauteurs de ces pics immenses vivaient certes quelques familles de gigantrolls, mais ces géants étaient réputés paisibles, pourvu qu'on ne les dérangeât pas.

Les montagnes ne devaient plus être très loin, du moins l'espéraient-ils, car leurs forces diminuaient.

– S.... sommes... nous... b... ientôt... arrivés ? demanda péniblement Arthur.

Garwalf tenta de lui répondre, mais aucun son ne sortait de sa bouche asséchée. Seule Torelle supportait vaillamment cette longue course. Malgré son visage en sueur, elle était encore pleine d'énergie.

– J... Je... pense... que nous... avons semé Mortemain, reprit Arthur. Nous... pourrions nous reposer... un peu ?

Ce n'était pas véritablement une question. Le chevalier De Baldaquin, écarlate, venait d'apercevoir un ruisseau à proximité du chemin. Il s'arrêta, le souffle coupé, s'appuya contre un arbre et s'affaissa doucement jusqu'au sol. Garwalf, au bord de l'asphyxie, s'écroula à côté de lui. Malgré la fraîcheur de cette fin de nuit, il avait l'impression d'être plongé dans l'un de ses chaudrons.

– Il ne faut pas rester ici, dit Torelle. Debout ! Marchez, si vous ne pouvez plus courir !

– Aargh ! gémit Garwalf. Je préfère encore affronter Mortemain et sa fragone. Avec ce sorcier, j'aurai peut-être la chance de connaître une mort rapide.

– Ça n'étonnerait, signala Torelle. Il prendra à n'en point douter plaisir à nous torturer, à nous laisser agoniser, à nous faire dévorer par petits morceaux...

– C'est bon ! On y va, coupa Garwalf. Allez, messire Arthur, debout ! Un chevalier ne connaît pas la fatigue.

Arthur se releva péniblement, s'appuyant d'un côté sur le bouclier, de l'autre sur son épée. Il ressemblait à un pauvre infirme accroché à ses béquilles.

Avant de repartir, les trois compagnons décidèrent de se désaltérer. Ils s'apprêtaient à s'engager sous les arbres pour rejoindre le ruisseau quand un craquement dans les arbres les surprit. Ensemble, ils levèrent la tête. Une pluie de feuilles accompagna les formes trapues qui tombaient des arbres et atterrissaient autour d'eux. D'autres sortaient des buissons de chaque côté du chemin. C'étaient des hommes enveloppés dans d'épais manteaux de peau. Ils affichaient un sourire sardonique et leur regard débordait de convoitise. Ils avançaient en courbant le dos et en agitant des couteaux, des épées courtes, des masses d'armes hérissées de pointes...

– Des voleurs, murmura Arthur.

– Et de la pire espère, compléta Torelle.

Garwalf en compta une bonne douzaine. Ces brigands se déplaçaient toujours en groupe pour détrousser les aventuriers qui quittaient la forêt d'Halequin, les sacoches gonflées de trésors. Ils les laissaient passer dans un sens, mais pas dans l'autre. Leurs victimes, en général épuisées par plusieurs journées de voyage et de combats, n'étaient pas trop difficiles à maîtriser.

Torelle ne connaissait pas d'êtres plus répugnants que ces voleurs ; elle était prête à en découdre sur-le-champ. Garwalf serra les poings. S'il devait mourir, il succomberait bravement. Torelle pouvait compter sur lui : il ne se conduirait pas en lâche.

Arthur réagit tout à l'inverse : il leva son épée, la planta au milieu du chemin et posa son bouclier à côté.

– Holà ! fit-il en levant les bras. Nous sommes de la même race ! Que voulez-vous, mes frères ? Notre vie ou notre bourse ?

Le chevalier détacha la bourse de sa ceinture et la jeta aux voleurs. Un vieux barbu armé jusqu'aux dents tenta de s'en emparer. Mais celui qui semblait commander la troupe le rappela à l'ordre d'un amical coup de masse dans les côtes. Le voleur roula sur le chemin et reprit immédiatement sa place.

– Des bêtes, murmura Torelle dont les pieds tenaient difficilement en place.

– Mon nom est Arthur. Mes compagnons et moi n'avons d'autre richesse que cette bourse.

– Mon nom est Nerdebeu, et nous nous contenterons de vos vies, grinça le chef.

Il renversa la bourse pour faire tomber les pièces dans sa main. Le butin était maigre.

Le voleur lorgnait à présent du côté de l'épée et du bouclier.

– Ils sont à vous si vous le souhaitez, le devança Arthur. Mais grâce à nous, vous pourriez récolter davantage de trésors que ces armes sans valeur.

Nerdebeu s'approcha et examina Arthur un long moment.

– Parle, grogna-t-il enfin.

– Un être infâme nous poursuit, expliqua Arthur. Avec une seule épée, un compagnon désarmé et l'autre infirme, je ne peux pas l'affronter.

Torelle eut envie de botter les fesses du chevalier pour ce qu'il venait de dire. Mais Garwalf lui fit signe de rester tranquille.

– En revanche, courageux et bien armés comme vous l'êtes, continua Arthur, vous en viendriez facilement à bout.

– Qu'a-t-il comme richesses ? s'intéressa le voleur.

– De l'or, répondit aussitôt Arthur. Deux sacs pleins accrochés aux flancs de sa monture. Un pur-sang qui, lui non plus, n'est pas sans valeur... et je n'ai pas parlé des rubis.

– Des rubis ?

– Deux bagues qu'il porte à la main gauche.

– Ce que tu me dis là est bien vérace ? se méfia le chef en pointant son épée vers Arthur. Tu ne me conterais pas des fagots ?

– Pourquoi mentirais-je ? Nous avons essayé de lui dérober son trésor mais nous avons échoué. À présent, il est sur nos traces pour se venger. Il va arriver d'un instant à l'autre.

Un voleur, au visage marqué d'une demi-douzaine de cicatrices, plaqua son oreille sur le chemin.

– J'entends des pas. Quelqu'un vient vers nous.

Le chef rangea son épée et se frotta les mains.

– Bien, dit-il. Vous deux, amenez nos prisonniers près des chevaux. Les autres avec moi.

– Vous nous laisserez la vie sauve ? demanda Arthur.

– Si tu as dit juste, tes compagnons et toi pourrez repartir librement, assura Nerdebeu.

Arthur n'en crut pas un mot. Un voleur n'a pas de parole. Le chef disait simplement cela pour que le chevalier et ses compagnons se tiennent tranquilles.

Nerdebeu avait déjà rassemblé ses hommes et organisait un nouveau piège. Le premier voleur désigné par le chef s'empara du bouclier, le second de l'épée. Sous la menace de leurs armes, ils forcèrent les prisonniers à quitter le chemin et à s'enfoncer sous les arbres. La chose n'était pas aisée : il faisait sombre, les ronces s'accrochaient à leurs cuisses et s'ils n'avançaient pas assez vite, les gardes leur piquaient l'échine de la pointe de leur épée.

Ils marchèrent ainsi un quart de lieue. Enfin, au pied d'un chêne deux ou trois fois centenaire, ils rejoignirent un apprenti voleur d'une dizaine d'années, encore chétif. Le gamin gardait les chevaux, huit en tout, dérobés aux aventuriers de passage.

La lune caressait le dos des animaux.

Les voleurs obligèrent Arthur, Garwalf et Torelle à s'adosser au tronc du chêne.

– Trouvez-moi de la ligote ! qu'on puisse les attacher, ordonna l'homme qui tenait le bouclier.

23.

MAUVAISE SURPRISE POUR MORTEMAIN

Les voleurs avaient choisi un virage particulièrement incurvé pour lancer leur attaque. Sur le sol, ils avaient étendu un grand filet aux mailles fines. Séparés en deux groupes, postés de chaque côté du chemin, ils attendaient. Les bruits de pas se rapprochaient.

La victime ne soupçonnait pas dans quel piège elle allait tomber... Mais les voleurs ne se doutaient pas non plus en face de quel monstre ils allaient se retrouver.

Une ombre précéda l'arrivée de leur victime. Nerdebeu leva son épée :

– À l'assaut ! hurla-t-il.

Tiré par les voleurs, le filet se souleva et se gonfla. Mortemain n'eut pas le temps d'esquisser le moindre geste ; la fragone, le nez à terre, suivait consciencieusement sa piste.

Le filet s'abattit sur eux. Les voleurs ne furent pas longs à reconnaître celui qui venait de tomber dans leur piège. Après un bref instant de surprise, ils chargèrent, avec la certitude que le sorcier d'Halequin détenait mille richesses.

– Pas de quartier ! les encouragea Nerdebeu.

Mortemain, le visage quadrillé par le filet, fronça les sourcils. Il tendit sa main valide, et une boule de feu s'en échappa. Le plus proche des voleurs disparut dans un jaillissement d'étincelles. Une forte odeur de brûlé frappa les narines et le brigand réapparut, figé dans son dernier mouvement, l'épée levée et le couteau entre les dents. Il était noir de la tête aux pieds, et une fumée grise s'élevait du haut de son crâne.

Loin d'être impressionné, Nerdebeu renchérit :

– Trançonez-moi ce sorcelier de malheur ! Rogniez-moi sa sale crabosse !

De sa main artificielle, Mortemain déchira le filet. Il s'apprêtait à lancer un nouveau sort, mais la fragone s'agita et fonça vers les assaillants.

– Stupide animal ! pesta Mortemain en s'accrochant au dos du lézard. Toujours trop pressé de te remplir la panse.

La fragone manqua sa cible et ses dents claquèrent au nez de Nerdebeu. Elle reçut en retour un coup de masse sur la tête. Deux voleurs tentèrent de prendre l'animal à revers et attaquèrent sa croupe à l'épée. Les armes ne purent transpercer la peau épaisse du monstre, qui balaya ses agresseurs avec sa queue. On entendit les voleurs hurler d'une même voix tandis qu'ils s'envolaient. Leurs cris se perdirent parmi les craquements de branches de l'arbre dans lequel ils venaient d'atterrir.

Nerdebeu disposait encore de sept hommes. Deux s'occupaient de marteler le crâne de la fragone, dont les yeux roulaient dans tous les sens. Avec les cinq autres, il entreprit de monter sur le monstre pour régler son compte au sorcier. Mais, à présent que sa monture était immobilisée, Mortemain pouvait de nouveau recourir à la magie.

– Rapum tamium crapeoudi tak voltilus ! entonna-t-il. En prononçant cette formule, il décrivit de larges cercles avec ses bras. Aussitôt, les armes glissèrent des mains de ses assaillants. Au lieu de tomber, elles flottèrent en l'air et s'élevèrent au-dessus de leur tête... avant de se retourner contre eux ! Les premières victimes furent les voleurs qui s'appliquaient à tenter de réduire en bouillie la cervelle de la fragone. Leurs masses respectives firent résonner leur boîte crânienne avant qu'ils n'aient le réflexe de s'enfuir. Leurs compagnons d'infortune, eux, ne se privèrent pas de courir en tous sens. Poursuivis par leur épée, leur couteau ou leur fléau, ils bondissaient, criaient, tournaient autour des arbres.

– Pitié ! hurla Nerdebeu quand son épée lui frôla pour la seconde fois les oreilles.

Mortemain contemplait la débâcle des bandits avec satisfaction, tandis que sa fragone secouait la tête pour retrouver ses esprits.

À un quart de lieue de là, on entendait distinctement les cris et les appels à l'aide.

Arthur, Garwalf et Torelle étaient toujours adossés au chêne. Le voleur chargé de les attacher s'arrêta dans sa tâche alors qu'il avait déjà fait deux fois le tour du tronc avec sa corde.

– Ça se passe mal, fit-il dans un éclair de lucidité.

– Ça barde, compléta celui qui gardait les chevaux, pour ne pas être en reste.

– Ouais, ajouta le dernier, qui aurait mieux fait de surveiller les prisonniers.

Le pied de Torelle écrasa le nez du premier voleur. La corde glissa. Garwalf bondit sur le second, et, d'un puissant coup d'épaule, l'envoya rouler dans un buisson de ronces. Le dernier, le moins costaud, ne donna pas le temps à Arthur de démontrer son courage. Il prit ses jambes à son cou et disparut entre les arbres.

– Vite ! À cheval ! ordonna Torelle.

Arthur récupéra le bouclier et son épée, et les trois compagnons montèrent en selle. Ils effrayèrent les autres chevaux, qui se dispersèrent dans la forêt puis, couchés sur leur monture pour éviter les branches basses, ils rejoignirent rapidement le chemin. Mortemain, entouré des voleurs aux prises avec leurs propres armes, aperçut les fuyards un peu plus loin. Son visage se figea.

– Les voilà ! En avant ! Allez ! Plus vite ! rugit-il à l'intention de sa fragone.

Le lézard géant, encore mal remis de ses émotions, entama un trot hésitant, trébucha et s'étala de tout son long. Les chevaux étaient au galop, hors de portée des sorts de Mortemain, qui s'acharnait à remettre les idées en place à sa fragone en lui martelant le crâne de coups de poings.

24.

PAR ICI LA SORTIE !

Un soleil matinal pointait à la cime des arbres. La forêt résonnait de chants d'oiseaux et retrouvait peu à peu un semblant d'humanité. Les trois cavaliers avaient galopé tout le reste de la nuit sans s'arrêter ni de se retourner, et les montagnes de Gadel apparaissaient enfin. Les pics rocheux, tels trois doigts géants, semblaient surgir de la forêt pour aller transpercer quelques nuages. Ainsi que Sorgho le leur avait conseillé, ils ne s'en approchèrent pas. Mais qui voudrait visiter ce repaire de gigantrols ? Il faudrait vraiment aimer l'aventure... Et l'aventure, Garwalf, Torelle et Arthur étaient justement pressés d'y mettre un terme.

À cet endroit, chacun jura qu'il ne remettrait plus jamais les pieds dans la forêt d'Halequin.

L'avenir leur apprendrait qu'il ne faut pas jurer à tout va, mais pour l'instant, les trois compagnons descendaient en toute confiance vers le sud. Bien sûr, ils n'avaient pas aussi fière allure qu'à l'aller : Arthur n'avait plus d'armure, leurs vêtements étaient déchirés et leurs visages creusés par la fatigue et les épreuves qu'ils avaient affrontées. Heureusement, ils avaient des montures et rejoindraient donc Forcelor plus tôt que prévu, sans que Mortemain et sa fragone ne soient en mesure de les rattraper. Et surtout, ils avaient récupéré l'Œil de Bézoard. Il leur suffisait de l'apporter au roi Vassor pour devenir riches jusqu'à la fin de leurs jours !

– La Lande Garenne ! s'écria Garwalf.

Cette chère lande était là, devant ses yeux. Cette étendue de bruyère sèche qui ne fleurissait jamais ressemblait soudain à un jardin accueillant.

La forêt d'Halequin libéra les trois cavaliers.

Les chevaux se mirent au pas. Au loin, Forcelor et les toits moussus de ses maisons apparaissaient.

– Nous avons réussi, murmura Garwalf.

Il lui fallait le dire pour le croire. Il se retourna une dernière fois, machinalement. Aucun signe de la fragone.

– N'avais-je pas promis de te ramener chez toi en entier ? fanfaronna Arthur.

– Je n'ai guère eu le temps de cuisiner, fit remarquer Garwalf, mais on peut considérer que vous avez tenu parole.

Quand ils arrivèrent au village, le soleil était à son zénith.

Des odeurs de ragoût, de soupe, de pain chaud et de lard grillé flottaient dans les rues. Un bon repas les attendait.

– Irons-nous à la Taverne d'Or ? demanda malicieusement Torelle.

– La belle Vialyne sera heureuse de revoir notre Garwalf, ajouta Arthur.

Le jeune cuisinier se contenta d'approuver l'idée de se restaurer à l'auberge, mais dans l'unique but de narguer son ancien patron, et père adoptif. Le vieux nain devait comprendre que plus jamais il ne travaillerait pour lui.

Le chevalier adressa un clin d'œil à Torelle. Elle répondit d'un signe de tête.

– Et Vialyne ? insista Arthur.

– Qui ça ? fit Garwalf en soulevant un seul de ses épais sourcils... Ah ! Vialyne ! Eh bien, nous verrons si elle est là.

– C'est tout ?

– Le reste ne vous regarde pas, coupa-t-il en relevant le menton.

Le chevalier et Torelle éclatèrent de rire.

– À n'en pas douter, notre ami est amouraché à cette serveuse pire qu'une mère à son petit ! se moqua Arthur.

Garwalf grogna. D'abord, la comparaison du chevalier était des plus mal choisies ; une mère n'était pas nécessairement attachée à son fils. Ensuite, personne n'était censé savoir que son cœur battait encore plus vite que la veille, face au grunnire.

Vialyne allait accepter de l'épouser.

Il n'en doutait pas.

Garwalf avait envie de sauter de joie, de crier, de danser... Mais il se contenta de bouder.

25.
À TABLE !

C'est seulement en arrivant à la Taverne d'Or que les trois aventuriers se souvinrent qu'ils n'avaient plus une pièce pour s'offrir un repas.

– C'est vraiment ridicule, pouffa Torelle. Demain, nous serons riches et aujourd'hui, nous ne pouvons même pas manger !

– Il m'est impossible de vous régler vos soldes, s'excusa Arthur. Il vous faudra attendre d'être au château de Papemort.

Garwalf demanda à ses amis de ne pas se faire remarquer. S'ils savaient se montrer discrets, il pourrait peut-être leur offrir un repas...

Après avoir attaché les chevaux, il les entraîna sur le côté de l'auberge, dans une ruelle étroite. Le passage débouchait sur la cour à l'arrière des cuisines, dont la porte restait toujours ouverte pour faciliter l'évacuation des fumées. Garwalf découvrit avec un petit pincement au cœur que Fauchelor n'avait pas tardé à le remplacer. Un garçon de son âge avait pris sa place et son tablier. Il suait sang et eau au-dessus des chaudrons, remuant d'une main une porée blanche trop épaisse, assaisonnant chichement de l'autre un civet d'huîtres et tirant une langue appliquée chaque fois qu'il remplissait une assiette.

Des bruits de couverts et de chopes leur parvenaient de la salle. Vialyne apparut dans l'encadrement, face à la porte qui donnait sur la cour. En apercevant Garwalf, elle étouffa un cri de surprise et sauva miraculeusement le contenu de son plateau. Puis, s'assurant d'un rapide coup d'œil que Fauchelor n'était pas dans les parages, elle fit signe au nouveau cuisinier de se taire et traversa la cuisine pour rejoindre Garwalf et ses amis dans la cour.

– Je pensais que tu reviendrais par la grande porte, s'étonna la serveuse. Craindrais-tu Fauchelor à ce point ?

– Nenni ! s'offusqua Garwalf. Nous avons simplement connu quelques désagréments lors de notre voyage, et nous n'avons plus une seule pièce pour nous payer...

– Ah ! le coupa Vialyne. Je m'en doutais ! Te voilà en charpie et sans un sou. C'est ce qu'il advient des songeards qui croient n'importe quelle fablerie.

– Tu te trompes, protesta Garwalf. Nous avons réussi.

Regarde. Nous avons arraché l'Œil de Bézoard au sorcier. Et nous irons dès demain le remettre au roi Vassor.

À la vue du bouclier, Vialyne changea de ton :

– Vous... Vous avez réussi ?

– Grâce au courage de Garwalf, dame Vialyne, intervint Arthur.

– Messire Arthur a une tendance certaine à l'exagération, assura Garwalf.

Torelle ne dit rien, mais le changement d'attitude de Vialyne ne lui échappa pas.

– Ne restez pas ici, dit la serveuse en les poussant dans un coin de la cour.

Elle les fit asseoir autour d'une vieille table bancale et vermoulue qui servait à vider et plumer les volailles, puis chassa d'un coup de torchon douteux les quelques tripailles qui s'y accrochaient encore.

– Attendez-moi ici. Je vous rapporte de quoi manger et vous me conterez vos aventures.

Après un regard charmeur en direction de Garwalf, Vialyne abandonna les trois compagnons.

– Ta pucelle n'est pas insensible à ta gloire, remarqua Torelle avec un accent de mépris.

– Elle rêve de quitter ce lieu sordide, l'excusa Garwalf. Il faut la comprendre.

– La vie ici est rude, renchérit Arthur, et chacun essaie de survivre du mieux possible.

– Comme si je l'ignorais, lança Torelle. Mais si Vialyne n'avait pas une croupe avantageuse et des mamelles généreuses, vous ne seriez pas aussi indulgents.

Elle se leva d'un bond, le visage fermé :

– Rendez-vous demain matin chez le forgeron. Nos chevaux seront reposés et nous pourrons galoper jusqu'à Papemort.

– Tu ne restes pas viander avec nous ? s'étonna Arthur.

– Je n'ai plus faim, et j'ai à faire. À demain. À l'aube, répliqua sèchement la jeune fille.

Arthur et Garwalf la regardèrent s'éloigner.

– Quel caractère ! nota le chevalier.

– Elle n'en manque pas, souligna Garwalf. Mais je crois qu'elle est un peu jalouse des attributs de Vialyne.

– Son infirmité doit la chagriner, affirma Arthur. Nous aurions dû nous montrer plus délicats.

Vialyne interrompit leurs réflexions.

– Votre amie est partie ? lança-t-elle joyeusement.

Tout en déposant sur la table un bol de bouillie de blé, quelques gousses d'ail frites, un beau morceau d'anguille et une assiette d'ailes de pigeon, elle commenta avec une compassion bien sentie le physique particulier de Torelle.

– Elle devait être belle fille avant ces horribles moignages.

– Elle est encore fort élégante, rectifia Arthur. Et au combat, je ne connais personne qui fasse preuve d'autant de fureur.

– Une femme n'est pas faite pour la chamaille, dit Vialyne.

C'est une affaire d'hommes. Nous autres sommes sur terre pour nous occuper de notre mâle, pour le choyer et le câliner.

Prétextant la chaleur excessive des cuisines, elle desserra le lacet qui fermait son corsage. Puis sa main effleura celle de Garwalf. Un long et agréable frisson traversa le jeune garçon. Il gonfla sa poitrine, qui ne pouvait cependant en rien rivaliser avec celle de Vialyne, et conta rapidement les aventures que ses compagnons et lui venaient de vivre : les chevaux dévorés par le grunnire, la rencontre avec le nuiton – il passa sur l'incendie du marais –, l'attaque du château de Mortemain – il éluda la première tentative d'Arthur –, la course poursuite avec le sorcier et sa fragone, et la façon dont ils avaient roulé les brigands. Mais ce qui intéressait surtout Vialyne, c'était les événements à venir.

– Demain, vous irez donc à Papemort et le roi Vassor vous trubucionnera ? interrogea-t-elle une nouvelle fois.

Arthur lui montra le bouclier, ainsi que le plan gravé à l'intérieur. Ni lui ni ses amis n'avaient encore eu le temps de l'examiner.

– Vous croyez vraiment que cet étrange dessin indique l'emplacement d'un trésor ? douta Vialyne.

Les indications étaient en effet des plus énigmatiques : un premier nombre, un second à droite, un troisième au-dessus, un quatrième à gauche, reliés les uns aux autres par un trait... jusqu'au dernier nombre surmonté une croix.

– Mon père saura résoudre ce mystère, assura Arthur.

Au besoin, il s'octroiera l'aide de ses conseillers.

Vialyne était loin d'en être convaincue.

– Toute cette histoire n'est que semblance. C'est une farce et le roi vous rira au nez !

– Dame Vialyne, c'est mon honneur que vous...

– Beau chevalier, l'interrompit-elle. Je crois ce que mes yeux voient. Et je doute que ce bouclier fasse votre gloire.

Garwalf sentit l'amour convoité sur le point de lui claquer la porte au nez. Pendant qu'Arthur s'emmêlait dans d'improbables explications, jurait que l'Œil de Bézoard était l'objet le plus recherché du royaume, que le trésor du pape Ébenit sauverait la ville, et que, et que... le cuisinier grattait son crâne touffu. Son doigt aussi poilu qu'une chenille caressait le métal ; allait d'un nombre à l'autre... Le pape Ébenit avait été enterré dans le cimetière de Papemort. Avec l'Œil de Bézoard. Il avait gardé près de lui ce qu'il possédait de plus précieux, l'objet qui pourrait sauver un jour sa cité. Le trésor non plus ne devait donc pas se trouver très loin de sa tombe... Dans son cercueil ? Non, sinon le bouclier ne servait à rien.

– Ce premier nombre, où commence le trait, dit Garwalf, ne serait-ce point l'année de la mort du pape Ébenit ?

Arthur, qui tentait toujours de convaincre Vialyne, s'arrêta un moment.

– Diantre ! Tu as raison ! C'est bien cette date.

– À mon avis, expliqua Garwalf, votre pape a caché son trésor dans un endroit où personne n'oserait aller le chercher.

Un lieu qui effraie les plus rudes pilleurs. À part Mortemain, bien sûr.

– C'est une bonne thèse. Et selon toi, quel est ce lieu ? s'enquit avec impatience le chevalier.

– Le cimetière de Papemort ! annonça Garwalf. N'avez-vous pas dit que personne n'y entrait sitôt la nuit tombée ?

– Si… Mais…

– Cette première date pourrait désigner l'emplacement de la tombe du pape. Ce dernier savait avant sa mort où il serait enterré.

– Au point culminant du cimetière, confirma le chevalier.

– Regardez ce trait, à présent. Il mène à un autre nombre, puis un autre, et encore un autre, à trois ou quatre chiffres… Et si ces nombres représentaient des années de décès gravées sur les stèles… Grâce à ce plan, il serait possible de se repérer parmi les milliers de tombes et de trouver celle qui contient le trésor !

– Fabuleux ! lâcha Arthur. Magnifique !

– Il suffisait d'y penser, dit modestement Garwalf.

– Ainsi… C'est donc la vérité, murmura Vialyne. Ooh ! Garwalf ! Comment ai-je pu douter de toi ? Me pardonneras-tu ?

– Ce… Ce n'est rien, bafouilla Garwalf. C… Cette histoire… était difficile à croire…

Vialyne tomba à genoux et ses mains agrippèrent la chemise en lambeaux du cuisinier.

– Comme tu es fort d'esprit, le félicita-t-elle en observant de près le bouclier. Résoudre une énigme aussi obscure...

Garwalf redressa les épaules. Dans un élan d'audace, il proposa :

– Accompagne-nous à Papemort, demain.

Vialyne releva la tête :

– Vraiment ? Messire Arthur me donnerait-il son accord ?

– Ce serait un honneur, affirma le chevalier.

– Je dirai à Fauchelor que je vais acheter des épices et du poisson. Et j'emprunterai le cheval de l'auberge.

– Excellente idée, dit joyeusement Garwalf.

– Marché conclu, se réjouit Arthur. Rejoignez-nous chez le forgeron à l'aube.

C'est alors que la voix de Fauchelor résonna :

– Vialyne ! Où es-tu, bougre de donzelle ? Il y a du vin à servir !

– Fuyez, s'exclama la serveuse. S'il vous trouve ici, il va me tourmenter.

Arthur et Garwalf relevèrent le bas de leur chemise et y firent glisser les restes de leur repas.

– J'espère que tu songes toujours au mariement ? chuchota Vialyne à l'oreille de Garwalf.

Cette même oreille, à l'extrémité miraculeusement épargnée par l'envahissante pilosité, frémit, se dressa et s'enflamma.

– Partez ! Vite ! supplia la serveuse.

Fauchelor continuait d'aboyer. Quand il arriva dans la cour, Vialyne l'accueillit avec son plus charmant sourire :

– J'étais sortie me soulager, fit-elle d'une voix douce.

– À d'autres ! grogna Fauchelor. Au travail, feignasse ! Tu auras le temps de vider ta vessie après le service.

– Sans cœur ! feignit de se vexer la serveuse.

– Allez ! Les clients attendent ! s'énerva le tenancier.

Vialyne rentra.

Arthur et Garwalf remontaient la ruelle qui longeait l'auberge en riant, leur chemise remplie de victuailles retroussée jusqu'au nombril. Pour ce soir, le forgeron leur trouverait bien un coin de paille dans sa grange, où ils fêteraient joliment leur victoire.

26.

EN ROUTE VERS LA FORTUNE

Dire que Torelle fut ravie de découvrir Vialyne le lendemain matin serait mentir. La fraîcheur de l'aube n'était rien comparée au regard qu'échangèrent les deux femmes.

Arthur essaya de détendre ses compagnons par quelques chants matinaux, humoristiques ou paillards, mais il abandonna rapidement cette idée et se contenta d'ouvrir la route vers Papemort.

À mi-chemin, Garwalf réussit à placer son cheval à la hauteur de celui de Vialyne, une vieille jument de labour achetée au rabais par Fauchelor. Ainsi put-il exposer à la serveuse ses projets : avec la récompense offerte par le roi, il comptait ouvrir une auberge – son auberge – à Papemort.

À ce qu'on disait, Papemort était une belle cité.

– C'est un endroit sans pouillerie, confirma Vialyne, qui s'y rendait parfois pour le compte de Fauchelor. Les gens y sont plus distingués qu'à Forcelor.

– Alors je vais m'y installer. Avec deux ou trois employés, et un cuisinier que je formerai moi-même, je serai dispensé des fatigues et de la misère jusqu'à la fin de mes jours.

– Ça m'étonnerait que la clientèle de Papemort apprécie ta tambouille graisseuse, lança Torelle.

– Médis, médis, répondit Garwalf. On verra qui de nous aura la plus grande richesse.

– Te voilà qui réfléchis comme ton Fauchelor, se moqua Torelle.

– Il n'y a rien de mal à cela, intervint Vialyne. C'est tout à fait normal qu'un homme cherche à mettre sa famille à l'abri du besoin... Enfin, s'il souhaite fonder une famille, bien sûr.

– Peut-être accepterais-tu d'ouvrir cette auberge avec moi ? lui glissa Garwalf. Tu pourrais t'occuper des serveuses, les conseiller, les surveiller.

– Je n'aurais plus à porter mes plateaux à longueur de journée ?

– Pour sûr que non, assura Garwalf. Finie pour nous la besogne.

Torelle se désintéressa de la discussion. Garwalf était prêt à regagner les cuisines pour les doux yeux de cette serveuse. Bien mal lui en fasse. Il n'était qu'un coureur de gueuses, un benêt qu'on pouvait mener par le bout du nez, et Vialyne une vipère qui savait charmer les bourses pleines.

Torelle ne voulait plus entendre parler de ces deux-là. Elle ne prononça pas un mot du reste de la matinée, hochant vaguement la tête quand on lui adressait la parole.

– Nous arrivons, annonça enfin Arthur.

L'air marin fouetta les narines. La cité apparut en contrebas. Les toits des maisons s'étiraient harmonieusement le long de la côte, jusqu'au port où mouillaient une dizaine de navires aux voiles repliées. La mer était calme. Immense. Si bleue qu'elle se confondait avec l'horizon.

Garwalf découvrait l'océan pour la première fois de sa vie.

Cette étendue sans fin lui semblait encore plus terrifiante que la forêt d'Halequin. L'idée que des hommes pouvaient s'y aventurer le dépassait.

En retrait du port, au centre de la cité, s'élevait le château du roi Vassor. Les maisons entouraient ses fortifications et ses quatre tours comme si elles cherchaient à bénéficier de leur protection. Arthur, Torelle, Garwalf et Vialyne descendirent le chemin sans quitter la cité des yeux.

Arriver à Papemort était toujours un événement.

Ils entrèrent dans la ville en longeant la côte pour rejoindre le port. Ici, les rues étaient larges et propres. Le vent de la mer apportait une agréable fraîcheur. Aucun mendiant ne se précipita vers eux. Des rires d'enfants s'échappaient des cours intérieures. Même les chiens étaient bien nourris.

Une fois près du port, les quatre cavaliers se dirigèrent vers le château. Ils remontèrent la rue principale bordée de maisons et d'échoppes aux colombages élégants. Les fortifications apparaissaient au-dessus des toits des habitations.

Ils débouchèrent bientôt sur une grande place, au pied du château, où se tenait un marché. Garwalf, délaissant un instant Vialyne, ne perdit pas une miette de ce spectacle. Les odeurs de poisson frais se mêlaient à celles des viandes grillées ou fumées. Les étals débordaient de fruits et de légumes. De pains dorés. De tonneaux de vin qu'il était possible de goûter avant d'acheter. Un paradis !

Arthur, Torelle, Garwalf et Vialyne arrêtèrent leurs chevaux devant la porte principale du château. Six archers, dissimulés derrière les meurtrières, pointèrent leurs flèches vers eux. Les archers de Papemort étaient connus comme les plus redoutables du pays. Entraînés dès leur jeune âge, ils étaient capables de toucher une cible à trois cents pieds de distance. De plus, ils utilisaient des flèches enduites de satirel, un poison qui ne laissait aucune chance de survie au malheureux égratigné par une pointe.

La porte s'entrouvrit, et deux gardes en armure apparurent. Arthur les connaissait : le premier, Gordin, était le supérieur du second, Jara. Ces derniers étaient expérimentés et prétentieux, prêts à tout pour s'attirer les faveurs du roi.

– Tiens, revoilà notre Arthur, marmonna Gordin, en s'appuyant sur sa lance.

– Tu sais très bien que la cité t'est interdite, dit Jara et il se planta au milieu du passage.

– Que raconte-t-il ? marmonna Torelle en s'approchant du chevalier. C'est vrai ? Le roi t'a banni ?

– Ne t'inquiète pas. Ce garde fait allusion à une ancienne querelle, comme pères et fils en ont souvent. Il s'agit d'un simple malentendu que je vais rapidement dissiper.

Arthur se retourna vers les gardes et brandit triomphalement le bouclier :

– Je rapporte l'Œil de Bézoard au roi !

Les gardes marquèrent un temps d'arrêt. Ils observèrent le bouclier avec soin.

– Ce sont des faussetés. Tu cherches à nous abuser, soupçonna Gordin.

– Il te faudra plus de renardises pour te faufiler entre ces murs, prévint Jara.

Arthur ne se démonta pas :

– Si le roi apprend que vous ne m'avez pas laissé entrer, et qu'il n'a pas pu avoir l'Œil de Bézoard à cause de votre manque de clairvoyance, une malemort vous attend.

Le chevalier savait parfois se montrer persuasif – Garwalf s'en souvenait !

L'argument était de poids et Jara se retourna vers son chef pour mieux signifier qu'il se déchargeait de la responsabilité de cette affaire. Gordin souleva son casque et se gratta la tête, preuve d'un important effort de réflexion.

– Faudrait être certain, dit Jara avec perspicacité.

– Je vous assure que ce bouclier est celui du pape Ébenit,

insista Arthur. C'est bien l'Œil de Bézoard, le seul qui ait le pouvoir de guérir de tous les poisons.

Le visage de Gordin s'éclaira. La légende était précise sur ce point : le pouvoir du bouclier était mille fois supérieur à celui de n'importe quelle pierre à venin.

– J'ai la solution ! s'exclama-t-il avec un sourire victorieux qui ne présageait rien de bon.

Il recula de deux pas, leva la tête et beugla :

– Faites descendre un archer ! Et maniez-vous le fondement !

Vialyne se rapprocha de Garwalf :

– Cette affaire me paraissait trop simple, dit-elle sur un ton hautain. Je vous laisse la régler. J'ai des courses à faire pour Fauchelor... J'ai l'impression que ce soir encore je servirai des pintes de gervoise dans son auberge de malheur.

– Attends ! tenta de la retenir Garwalf. Je suis certain...

Mais l'imposante jument de Vialyne lui présentait déjà sa croupe, et la serveuse s'éloigna au pas vers le marché.

– Laisse-la donc, ronchonna Torelle. Nous la retrouverons tout à l'heure.

Garwalf aurait volontiers suivi Vialyne, mais il ne pouvait pas abandonner Arthur. Les difficultés que rencontrait le chevalier pour entrer dans le château de son père étaient aussi inattendues que sérieuses, et il en était presque chagriné pour son compagnon.

– Nous allons être fixés très vite, promit le garde avec une joyeuse satisfaction.

Un archer venait de le rejoindre. Il marchait d'un pas lent et assuré, un rien arrogant, un arc long à la main et un carquois fermé dans le dos. Il conservait les yeux plissés comme s'il cherchait constamment une cible.

– Sors une flèche ! lui ordonna Gordin.

Sans discuter, l'archer leva une main derrière sa tête et ouvrit le couvercle de son carquois. Il saisit avec précaution l'empennage d'une flèche. Sa prudence n'était pas superflue : le fond de l'étui était rempli de paille imbibée de satirel. L'archer tendit la flèche à Gordin.

– Héé ! Hooo ! fit le garde en reculant. N'approche pas cette empoisonnerie de mon nez ! C'est pour notre chevalier !

Il désigna en même temps Arthur. Garwalf et Torelle se raidirent sur leur monture. Les destriers lâchèrent un hennissement nerveux.

– Pour... Moi ? balbutia le chevalier.

Gordin sourit, et pas seulement parce que le garde éloignait la flèche de lui au fur et à mesure qu'il la rapprochait d'Arthur. Il souriait car il était fier de sa trouvaille.

– Si ce bouclier est bien celui que recherche le roi, alors tu n'auras aucune objection à te grafignier la main avec cette flèche ?

Arthur pâlit indiscutablement.

– ... Dans le cas contraire, continua Gordin, j'en arriverais à la conclusion que tu as tenté de nous rouler, et je demanderais aux archers de vous tresforer sur-le-champ.

Les pointes scintillèrent de nouveau dans l'ombre des meurtrières. La situation se compliquait fortement. Garwalf et Torelle, connaissant le courage légendaire d'Arthur, ne se firent guère d'illusions : ils ne sortiraient sans doute pas vivants de cette aventure.

– Vous avez de l'esprit, admira gaiement Jara.

– C'est pour ça que je suis chef, s'enorgueillit Gordin.

L'archer se tenait devant le cheval d'Arthur, la flèche empoisonnée dirigée vers le chevalier.

Le fils du roi ne pouvait pâlir davantage, sous peine de devenir transparent. Mais au lieu de tourner de l'œil, ainsi qu'il en avait pris l'habitude, il se redressa sur son cheval, durcit son regard et déclara :

– S'il te faut une preuve, Gordin, je vais te la donner.

Il releva sa manche et tendit son bras à l'archer.

Le silence se fit.

L'archer regarda une dernière fois Gordin. Le garde, étonné par la détermination d'Arthur, fronça les sourcils, se racla bruyamment la gorge, et après avoir envoyé une glaire verdâtre aux pieds de Jara, il hocha la tête pour confirmer l'ordre.

Arthur serra le poing.

Garwalf et Torelle ne quittaient pas des yeux le bras tendu sur lequel se dessinaient des veines bleues... La pointe luisante de poison s'y posa et y ajouta un long trait rouge, depuis l'intérieur du coude jusqu'au poignet.

– Messire Arthur ! Le bouclier ! hurla Garwalf.

Le chevalier commençait à chanceler, à vaciller, à tanguer... Il était sur le point de défaillir. Des gouttes de sueur étoilaient ses tempes et son front. La blessure se boursouflait déjà. Des cloques jaunes apparurent. Il restait peu de temps. Arthur se mit à trembler, le corps agité par les premiers spasmes. Il approcha son bras du bouclier qu'il tenait de l'autre main. Le contact avec le métal rafraîchit la blessure. La pierre noire, sertie au centre de l'Œil de Bézoard, rougit légèrement. La lueur s'intensifia rapidement jusqu'à devenir incandescente.

Le chevalier retrouva lui aussi quelques couleurs.

Son corps ne tremblait plus. La vie l'habitait de nouveau.

Il desserra son poing et la pierre reprit une teinte charbonneuse.

– Personne ne peut résister aussi longtemps à la satirel, murmura l'archer. Arthur décolla son bras du bouclier. Il ne restait que la trace de la pointe. Une simple égratignure.

– C'est... C'est bien l'Œil de Bézoard ! bafouilla Jara.

Gordin se mit au garde-à-vous.

– Laissez passer le chevalier Arthur De Baldaquin ! ordonna-t-il, en poussant Jara du passage.

La porte du château s'ouvrit en grand.

Arthur se retourna vers ses deux amis avec un large sourire. Puis il commanda à son cheval de se mettre au pas.

– Non ! Pas vous deux ! ajouta Gordin. Seulement le fils du roi.

Garwalf et Torelle regardèrent Arthur s'avancer dans la cour du château. Bien contraints de lui accorder leur confiance.

– Attendez-moi ici. Je ne serai pas long ! promit le chevalier.

Dans un long grincement, la porte se referma.

27.

CHAMAILLES EN PAGAILLE

Le marché de Papemort s'étalait sur toute la place devant le château. Les habitants de la cité s'y retrouvaient pour discuter au milieu des allées et choisir avec soin légumes, tissus, viandes ou poissons. Derrière les étals colorés et attirants, chacun vantait les mérites de ses produits. On vendait au coude à coude des animaux morts ou vivants, du lait frais ou caillé, des épices rapportées de contrées lointaines et des crustacés pêchés du matin. On coupait aussi la barbe et les cheveux. On chantait en compagnie de quelques troubadours, on jugeait les criminels et les voleurs – on les pendait parfois –, entre un jongleur et un rémouleur ambulant.

Garwalf tenait les chevaux par la bride et déambulait aux côtés de Torelle entre les marchands.

– Ça ne va pas être facile de retrouver Vialyne, s'inquiéta-t-il.

– Avant de te tracasser pour ta lapine, tu ferais mieux de profiter de l'occasion pour te rognier les cheveux et la barbe.

– Lapine ! s'offusqua Garwalf.

– Elle finira dans un clapoire, prédit Torelle.

– Tu salis son honneur et le mien !

– Ah ! Voilà que tu te prends pour un noble chevalier, espèce de touffe de poils !

– Si... Si tu n'étais pas... Enfin... Je te corrigerais sur-le-champ !

– Mais viens donc ! l'invita Torelle. Je te botterai tellement le fondement que tu ne pourras plus t'asseoir pendant une lunaison.

– C'est ton arrière-train que je vais bastoner jusqu'à ce qu'il s'enflamme, rétorqua Garwalf.

– Approche et je te remonte les génitailles dans les oreilles ! s'emporta Torelle.

– C'est la jalousie qui t'enrage ! Voilà la vérité !

– Moi ? Jalouse ! Ha ! Ha ! Jalouse de qui ?

– De Vialyne ! l'accusa Garwalf.

– Cette poule de taverne ! Cette sauterelle d'édredon !

Les chevaux commencèrent à piaffer sur les pavés.

– Si je pouvais lâcher ces rênes, lui promit Garwalf, je t'éduquerais au milieu de cette allée !

– Ha ! Ha ! se moqua Torelle. Tu ne peux donc pas te battre sans tes mains poilleuses !

Garwalf ne trouva rien à répondre. Torelle était plantée devant lui, les jambes écartées, la tête dangereusement pointée vers son ventre. Il remarqua alors l'absence de bruit. Le silence. Passants et marchands, les dévisageaient. Immobiles. Torelle releva la tête et constata elle aussi que toute l'attention se portait sur eux.

– Hum... Hum-hum, fit Garwalf. Ce... Ce n'est rien... Tout va bien...

Papemort était connu comme une cité calme, une cité où régnaient l'ordre et la loi. Et la garde du roi était toujours à l'affût des fauteurs de troubles. Jugés entre deux étals, ces derniers assuraient ensuite l'animation en se tortillant à l'extrémité d'une corde.

Torelle rejeta sa longue tresse en arrière ; trois soldats arrivaient au bout de l'allée. D'un signe de tête, elle les désigna à Garwalf.

– Nous sommes un peu fatigués par notre route, s'excusa ce dernier à l'attention des curieux. Ne vous souciez pas de nous.

Il tira sur la bride des chevaux et, avec Torelle, s'engouffra dans une allée adjacente.

Les Papemoriens les observèrent un instant encore, puis chacun reprit ses occupations tandis que les soldats poursuivaient leur tournée d'inspection.

– Qu'on le branche haut et court !

Le roi Vassor De Baldaquin n'était pas homme à aimer les

rigolages. Il venait de condamner à la corde Tombel, son propre bourreau. Ce dernier, vexé de se voir refuser, par mesure d'économies, la construction d'une nouvelle potence, venait de chatouiller la gorge de quatre innocents dans le but de démontrer l'inefficacité du matériel qu'on lui imposait.

– Je reconnais mon erreur, admit Tombel. L'expérience a prouvé que mon jugement était faux. L'ancienne potence fonctionne encore à merveille.

– Emmenez-le ! rugit Vassor. Trouvez un autre bourreau et exécutez la sentence !

Les gardes firent sortir Tombel , et les conseillers du roi, au nombre de trois, se précipitèrent autour du trône pour annoncer à leur souverain le nouveau problème qui l'attendait. Vassor De Baldaquin écouta et leva un sourcil perplexe. Il tordit nerveusement une pointe de sa moustache. Avait-il bien entendu ? On l'informait qu'Arthur lui apportait le bouclier tant convoité ! Ce même Arthur qu'il avait banni de son royaume à la dernière lune ?

Ses trois conseillers enchaînaient les courbettes révérencieuses, jurant que c'était bien la vérité.

– Qu'on me laisse seul avec lui ! gronda le roi.

Aussitôt, la salle du trône se vida. Aspirés, les conseillers. Disparus, les deux gardes à l'entrée.

La porte s'ouvrit.

À l'extrémité de l'épais tapis vermillon et doré, Arthur apparut, le bouclier à la main.

Le chevalier s'avança à pas timides jusqu'au trône. Vassor lui jeta un regard froid, sans doute pour mieux dissimuler son étonnement : ce bougre d'âne tenait entre ses pattes l'Œil de Bézoard !

Arthur s'agenouilla devant son père et lui tendit le bouclier.

– Je sais que vous m'avez banni, mais j'ai une bonne raison de revenir me présenter devant vous, votre majesté, s'excusa Arthur. J'ai retrouvé le sorcelier Mortemain dans la forêt d'Halequin et je lui ai repris ce qui vous revient de droit.

Le roi se leva d'un bond et lui arracha le bouclier.

– Par la Sainte Bible ! s'exclama-t-il avec un sourire plus large qu'une faucille.

Il auscultait l'objet béni sous tous les angles. Ses yeux avides inspectèrent le plan gravé à l'intérieur. Songeur, il tapota avec son index le chemin tracé dans le métal.

– J'ai bravé tous les dangers pour arracher à ce démon le bien du pape, crut utile d'ajouter Arthur.

Le roi, qui avait déjà oublié le chevalier, se ressaisit :

– Et... C'est pour cette raison que tu te crois autorisé à te présenter devant moi dans cette tenue ?

– C'est-à-dire... Je suis venu en hâte...

Vassor lui fit signe de se taire. Il regarda avec inquiétude la carte énigmatique tracée à l'intérieur du bouclier. Il pensait découvrir immédiatement l'emplacement du trésor et ne put masquer sa contrariété.

Il s'éclaircit la voix et demanda à Arthur :

– As-tu... Comment dire... Aurais-tu appris certaines choses sur ces étranges caractères ? Mortemain en avait peut-être recherché la signification ?

– Mortemain n'y a rien compris.

– Ah ! fit le roi, à la fois dépité et rassuré.

– ... En revanche, un de mes compagnons en a deviné le sens.

Le roi retrouva le sourire. Il ordonna même au chevalier de se relever, marque de sollicitude très élevée.

– Explique-moi tout ce que tu sais, mon cher Arthur, ronronna Vassor.

Arthur ne fut pas avare de commentaires. Pour la première fois de sa vie, son père l'écoutait. Alors il ne s'en priva pas. Il répéta tout ce que Garwalf avait découvert et profita de l'occasion pour signaler au roi que ses deux compagnons n'avaient pas été autorisés à l'accompagner.

– Les gardes font toujours moult difficultés, admit Vassor. Je les ferai fouetter ce soir.

Arthur sentait combien il remontait dans l'estime de son père. Il projeta donc de lui raconter toutes ses aventures, comment il avait organisé cette expédition, de quelle façon il avait trouvé des compagnons d'armes, et...

– Les détails me fatiguent, l'arrêta le roi. Seuls les résultats m'intéressent.

Ses doigts courts et boudinés caressaient le bouclier et parcouraient encore et encore le chemin qui menait au trésor.

– Laisse-moi, maintenant. Je dois vérifier tes dires auprès de mes conseillers.

– M... Mais... ânonna Arthur.

Le roi se frappa le front comme si une chose importante lui revenait en mémoire :

– Ah, oui ! dit-il... Le peuple de Papemort te remercie, et en récompense de tes actes de bravoure, je te pardonne d'avoir remis les pieds dans mon royaume. Repars sain et sauf. Adieu.

Le chevalier resta paralysé par la surprise. Puis un terrible sentiment d'injustice l'envahit. Une exaspération grandissante, une franche irritation, et il laissa éclater sa colère.

Le roi lui tournait déjà le dos lorsqu'il protesta :

– Vous ne pouvez quand même pas me bannir de nouveau !

Le roi fit volte-face. Sa moustache se coinça entre sa lèvre supérieure et le bas de son nez. Elle remonta à chaque extrémité, preuve d'une contrariété importante.

– Et pour quelle raison me serait-il impossible de prendre cette décision ?

– Je vous ai rapporté le bouclier, argumenta Arthur. Et... Et je suis votre fils !

Vassor De Baldaquin dressa définitivement sa moustache. Sa poitrine se gonfla comme s'il avait pris une soudaine et profonde inspiration. En vérité, le roi se remplissait de fureur. En un clin d'œil, ses joues devinrent cramoisies. Ses dents grincèrent insupportablement. Ses yeux s'avancèrent hors de leurs orbites. L'éruption était imminente. Ce chevalier de foire commençait à lui chauffer la bile et Vassor s'apprêtait à vociférer, à jurer, à tempêter, à fulminer, bref, à se fâcher… Et c'est ce qu'il fit :

– Comment oses-tu, ignoble bastardon de fond de cuisine, propager de tels boniments ? Cherches-tu à faire bouillir mon sang par ton insolence ? Oublies-tu que tu es en face du roi Vassor, pourceau de basse-cour ? Moi ? Ton père ? Mais regarde-toi ! Qui pourrait croire une telle mensongerie ? Comment peux-tu répéter les propos qui m'ont conduit à te bannir, face de croupion de dinde ? C'est le bourreau qu'il te faut pour t'apprendre à te taire ? Veux-tu qu'il te coupe la tête pour calmer ta langue ?

– Je… je…, bégaya Arthur.

– Dehors ! suffoqua le roi. Hors de la vue, trogne de fiente !

– Attendez ! supplia Arthur. Je voudrais juste…

– Gardes ! le coupa Vassor. Gardes ! Jetez-moi cette mule dehors !… Et faites venir mes conseillers !

– Mais… Père ! résista Arthur.

Les gardes l'attrapèrent sous les bras et le soulevèrent de terre.

– Estime-toi heureux que je te laisse la vie ! hurla le roi.

28.
UN COUP DE DAGUE DANS LE DOS

Garwalf et Torelle avaient parcouru tout le marché en vain. Pas la moindre trace de Vialyne. Ils revinrent à leur point de départ et s'arrêtèrent à quelques pas de l'entrée du château pour attendre Arthur. Garwalf attacha les deux chevaux à la roue d'une charrette et jeta un regard inquiet vers les murailles de la forteresse. Les difficultés rencontrées par le chevalier pour entrer dans le château, de même que cette histoire de bannissement ne les rassuraient guère. Mais ils tentaient de faire bonne figure.

– Notre chevalier ne devrait plus tarder, dit Torelle.

– Il a certainement les bras chargés de trésors, ajouta Garwalf, ce qui le ralentit considérablement.

Torelle apprécia l'humour de son compagnon. C'était peut-être la vérité, après tout. Le roi se montrerait à n'en point douter généreux. Et le chevalier, on pouvait lui faire confiance, avait promis de partager sa récompense.

– Nous avons rendez-vous avec la fortune ! se réjouit Torelle.

– J'aurai bientôt mon auberge, reprit Garwalf.

Torelle n'eut pas le temps de critiquer une nouvelle fois ce désespérant projet. La porte du château s'entrouvrit et Arthur sortit d'une façon insolite : il ne touchait pas le sol ! Bras et jambes écartés, il exécuta un glorieux vol plané, qui, hélas, prit fin trop vite : sa trajectoire déclina brusquement et le chevalier s'écrasa aux pieds de ses amis dans un nuage de poussière.

L'instant d'après, son cheval quittait à son tour le château. Estimant probablement que l'animal était trop lent à vider les lieux, un garde s'impatienta. Son pied surgit entre les battants de la porte et frappa la croupe du canasson. Ce dernier émit un hennissement indigné et partit au galop. Torelle fut la première à réagir. Elle se précipita vers l'animal, saisit au vol les rênes d'un coup de mâchoire, planta ses talons dans le sol et l'arrêta.

– Auriez-vous connu quelque difficulté avec votre père ? demanda Garwalf au chevalier étalé par terre.

Arthur se releva péniblement et frotta ses habits en piteux état.

– Le roi a un caractère vif, se justifia-t-il du bout des lèvres.

Garwalf s'empara des rênes du cheval que ramenait Torelle.

– Devons-nous comprendre que, pour toute récompense, il vous a catapulté par-delà ses murs et a botté le croupion de votre destrier ? demanda-t-elle.

– Je dois avouer que nos espoirs sont assez compromis, admit Arthur.

Garwalf changea de couleur. La réalité qu'il se refusait à imaginer s'imposait à lui. Ses poils frémirent. Il bafouilla, bredouilla, dit qu'enfin, il ne pouvait pas en être ainsi ! Sans récompense, pas d'auberge, sans auberge, pas de Vialyne, et sans Vialyne, AAAH ! Il préférait ne pas y penser ! Torelle, en revanche, éclata de rire. Le désespoir du cuisinier l'amusait et elle en tirait sa récompense.

La bonne humeur de la jeune fille n'apaisa évidemment pas la colère de Garwalf :

– Comment ai-je pu croire à de telles fredouilles ? Comment ai-je pu accorder ma confiance à un chevalier de cheminée, collé à la malchance comme résine qui conglutine ? Comment ? Comment ? répétait-il dans une longue complainte.

« Arthur ! Arthur ! »

Les trois compagnons se tournèrent vers le château. La voix ténue qui appelait le chevalier provenait d'une fenêtre à barreaux située en bas de la muraille, à hauteur des oubliettes. Une main leur fit signe d'approcher.

– Maman ! s'exclama le chevalier.

Arthur se précipita vers le château, suivi de près par Garwalf et Torelle.

– Mon Arthur, gémit la femme derrière les barreaux. Comme il est bon de te revoir !

– Je vais bien, maman. Mais le roi vient encore de me bannir.

– On m'a tout raconté, sanglota la mère. Ton père est un homme dur, mais je suis certaine qu'un jour il reconnaîtra ta valeur.

Cette femme n'avait rien d'une reine. À travers les barreaux, elle serrait dans ses mains crasseuses et huileuses celles de son fils. Or son tablier rappelait celui de Garwalf, au temps, pas si lointain, où il travaillait à la Taverne d'Or.

– Toi et tes compagnons devez avoir faim, dit-elle soudain. Tenez. Attrapez. Je les ai mis de côté pour vous.

Des restes de rôtis, des quignons de pain, des têtes de poissons, des carcasses de volailles et une gourde de vin passèrent par la fenêtre. Garwalf se dépêcha de les envelopper dans le torchon que lui tendait la cuisinière.

– Merci. Mille mercis, madame.

– Je dois vous laisser, s'alarma-t-elle. S'il me voyait ici, le roi me ferait fouetter.

Elle embrassa les mains de son fils une dernière fois et disparut.

Arthur resta un instant le visage collé aux barreaux.

– Maman, chuchota-t-il... Maman...

Torelle s'accroupit à ses côtés et lui demanda :

– Peut-on savoir qui est la femme qui vient si généreusement de fournir notre estomac ? Allez-vous prétendre qu'il s'agit de l'épouse du roi ?

– Ma mère travaille aux cuisines du château, expliqua Arthur. Elle n'a connu le roi que l'espace de quelques nuits. Vassor a une faiblesse : la gourmandise. Il se réveille souvent au milieu de son sommeil pour dîner, et ma mère lui prépare de quoi se rassasier. À force de fréquenter les cuisines, il a fini par faire la chose avec la cuisinière. Mais à ma naissance, il n'a jamais voulu me reconnaître pour fils. Et j'ai eu plus tard la maladresse de me vanter de cette noble filiation.

– Triste histoire, admit Torelle avec un petit pincement au cœur.

– Pas pire que la mienne, rappela Garwalf. Et, comble de malheur, Vialyne n'est toujours pas revenue.

– Tu nous casses la crabosse avec ta lapine ! s'irrita Torelle, encore émue par les révélations d'Arthur.

– Il est toutefois étrange que cette jeune femme nous ait ainsi laissés choir, s'étonna le chevalier, en proie à une terrible logique. Elle n'est pas encore au courant de mes déboires et devrait être ici dans l'espoir d'assister à notre triomphe.

– C'est exact, fit Torelle. Elle n'aurait tout de même pas...

– ... Décidé de nous dindonner ! termina Arthur.

– Mais... Qu'allez-vous imaginer ? Vialyne n'est pas du genre à nous refaire le poil ! s'offusqua Garwalf en hérissant le sien.

– Le cimetière ! s'exclama Torelle.

– Le trésor ! hoqueta Arthur.

29.

LE RETOUR DES FOSSOYEURS

Le cimetière de Papemort n'était pas un endroit des plus accueillants. Même en cette fin d'après-midi. Les nuages masquaient un soleil paresseux et pressé d'en finir avec cette sale journée. Un froid nocturne glissait déjà entre les ultimes demeures des Papemoriens.

Ce repoussant courant d'air avait vidé les lieux de toute présence humaine.

Le cimetière, désert, s'étendait jusqu'à l'horizon, épousant la forme ronde d'une petite colline. Les tombes se mêlaient sans ordre aux pieds de quelques arbres secs ; un enchevêtrement de croix, allant de simples rondins de bois sculptés et noués, ornant les sépultures de marbre doux.

Pressés, les trois cavaliers ne prirent pas la peine de descendre de leur monture. Les chevaux déambulaient au pas entre les tombes rarement fleuries.

– Nous devrions nous séparer pour chercher la tombe du pape Ébenit, suggéra Torelle.

– Inutile, lui répondit Arthur en désignant une haute croix, plantée tout en haut de la colline.

Les montures accélérèrent le pas et remontèrent jusqu'à la sépulture du pape. Là-haut, la terre ressemblait à un champ de labour, témoignant des fouilles récentes de Mortemain et de sa fragone. La dalle funéraire, remise en place à la hâte, s'enfonçait à moitié dans le sol.

– C'est ici que se trouvait l'Œil de Bézoard, dit Arthur. Si nous avions gardé le plan en mémoire, nous ne serions pas longs à retrouver le trésor.

– La tendre amie de Garwalf a l'esprit plus vif que le nôtre, lança Torelle. Et je parierais mon pied droit qu'elle a trouvé les richesses de ce pape bienfaiteur.

– Elle est sûrement encore au marché, avança faiblement Garwalf.

Du haut de la colline, Arthur contemplait ce champ du repos. Les tombes formaient un tapis immense, planté d'arbres dénudés et bordé d'un mur d'enceinte en pierre : impossible, sans indication, de trouver celle qui cachait le trésor.

– Autant quester une pièce dans la poche d'un mendiant, commenta le chevalier, enclin au découragement.

– Là ! s'exclama Torelle.

– Où ? demanda Arthur.

– Mais lààà !

– MAIS OÙ ?

Torelle avait beau tendre le menton, pointer son pied au risque de tomber de cheval, ni Arthur, ni Garwalf ne voyaient ce qu'elle essayait de leur montrer.

– Suivez-moi !

Elle frappa les flancs de son destrier, qui démarra aussitôt. La bride entre les dents, la jeune fille bondissait sur le dos du cheval au galop. Garwalf et Arthur dévalèrent la colline derrière elle, tentant de guider du mieux possible leur destrier entre les tombes.

L'œil exercé de Torelle avait repéré ce qu'ils cherchaient. Elle se redressa sur sa monture et tira de toutes ses forces sur les rênes.

Le cheval se cabra et s'arrêta non loin du mur d'enceinte, devant une tombe ouverte... au fond de laquelle reposaient les restes d'un cercueil !

La croix, couverte de terre et abandonnée sur le sol, avait probablement servi de pioche.

Torelle sauta de cheval et inspecta la fosse. Elle fut bientôt rejointe par ses deux compagnons.

– Il n'y a pas un os dans ce cercueil, remarqua-t-elle. Un pape n'aurait jamais profané une vraie sépulture pour y cacher un trésor. C'est donc bien ici qu'il avait dissimulé ses pierres précieuses.

Arthur découvrit de profondes et larges traces de sabots.

– C'est la jument de Vialyne, dit-il. Elle était lourdement chargée... Et cette barateuse avait à coup sûr un complice !

Garwalf regardait les preuves irréfutables de la trahison de Vialyne. Il grelottait comme si le gel s'était abattu sur lui.

Arthur posa une main sur son épaule :

– Ce n'est pas notre jour de chance, convint-il.

– Depuis ma naissance, je n'ai jamais connu un seul jour de chance, murmura le cuisinier.

– Les gredins ! Les félons ! Ils viennent rapiner mon trésor !

– Quels sont ces criages ? s'étonna Arthur.

– Notre malaventure continue, soupira Torelle. Votre père et son armée arrivent vers nous.

Le roi Vassor, entouré de trois archers et d'une dizaine de gardes, trépignait au pied de la tombe du pape, au sommet de la colline. L'Œil de Bézoard dans une main, son épée dans l'autre, il vociférait en montrant les trois compagnons.

– Charpiez ces coquins ! Lapidez-les ! Pourfendez-les ! s'égosillait-il.

– Je crains que mon père ne s'apprête à nous porter responsables de la disparition du trésor, prédit Arthur.

– ...Et que nous ayons beaucoup de mal à le convaincre du contraire, ajouta Garwalf.

– Cessez vos verbiages, coupa Torelle. Fuyons avant que les archers ne nous prennent pour cible.

Mais déjà, les gardes remontaient sur leurs chevaux, levaient leur épée, leur hallebarde ou leur pique. Les archers sortaient leurs flèches empoisonnées des carquois.

– Je veux leur tête au pied de mon lit, ce soir ! continuait le roi.

Torelle fut la première en selle. Arthur et Garwalf l'imitèrent et les chevaux partirent au triple galop. Les trois cavaliers martelaient leurs flancs sans pitié.

Les arcs claquèrent.

Les terribles dards sifflèrent.

Arthur fut sauvé par l'extrémité d'une croix. Garwalf baissa la tête et sentit une pointe raser sa tignasse. Quant à Torelle, elle se pencha au bon moment, mais la flèche égratigna l'oreille de son cheval.

– Sautez le murage ! cria-t-elle.

Les chevaux fléchirent les pattes et franchirent l'un après l'autre le mur du cimetière.

Arthur se retourna. Dix cavaliers les poursuivaient, mais l'avance des trois fuyards était encore convenable.

Au sommet de la colline, les archers bandaient de nouveau leurs arcs.

– Vers le nord ! indiqua Torelle. C'est notre seule chance !

La jeune fille pensait à la forêt. L'unique refuge possible. En remontant plein nord, ses compagnons et elle pourraient regagner Halequin sans repasser par Forcelor. Mais il leur faudrait parcourir cinq ou six lieues. Et l'oreille du cheval de Torelle virait au jaune putride. L'infection s'étendait. Les trois cavaliers, côte à côte, rejoignirent un chemin qui partait à travers champs vers la forêt. Les flèches empoisonnées sifflèrent dans le ciel avant de commencer leur mortelle descente. Garwalf eut la mauvaise idée de tourner la tête. Les dards pointaient droit vers eux.

– Changez de direction ! hurla Torelle à ses camarades.

Elle décocha un coup de pied dans les flancs de leurs chevaux. Garwalf et Arthur s'écartèrent un instant du chemin, et deux flèches se plantèrent à l'endroit exact où ils se trouvaient l'instant d'avant. Malgré tous ses efforts pour faire accélérer sa monture, Torelle ne put échapper au troisième projectile. La flèche s'enfonça dans la cuisse de son cheval. Son destrier, déjà mal en point, trébucha. Le poison aurait bientôt raison de lui.

– Garwalf ! appela-t-elle. Mon cheval est touché !

Ce dernier tira sur ses rênes pour ramener l'animal vers le chemin. Les deux bêtes étaient lancées au galop. Si Torelle ratait son coup, elle se briserait la nuque.

Arthur retint son souffle.

La jeune fille replia ses jambes, et, prenant appui sur sa selle, sauta en direction du cheval de Garwalf. Elle atterrit derrière le jeune garçon, bascula et mordit dans son épaisse toison pour ne pas tomber, ce qui donna l'occasion au cuisinier de pratiquer un rapide inventaire de ses jurons favoris.

– Nous sommes hors de portée des archers, les rassura Arthur. Et nous possédons une bonne avance sur les gardes !

Arthur persistait dans son optimisme inné.

Derrière eux, le cheval de Torelle s'écroula, terrassé par le poison.

La forêt était encore loin. Arthur galopait en tête. Garwalf et Torelle le suivaient, leur cheval un peu ralenti par le poids des deux cavaliers. Le chevalier se retournait sans cesse. Les soldats les poursuivaient toujours, mais alourdis par leur armure, leur bouclier et leurs armes, ils ne parvenaient pas à rattraper leur retard. Arthur était de ceux qui pensaient que la chance finissait toujours par tourner. Et pour une fois, il avait peut-être raison d'espérer. Sitôt les gardes semés, il comptait bien prouver son innocence et retrouver la coupable du vol du trésor.

30.

L'AVENTURE CONTINUE !

Les chevaux avaient galopé trois lieues durant. Ils ruisselaient de sueur et commençaient à ralentir leur allure. Garwalf envisageait le pire, et même Arthur sombrait dans un pessimisme justifié. Mais à la vue de la forêt, Torelle poussa un cri de victoire.

Derrière eux, les gardes n'avaient toujours pas rattrapé leur retard, ils n'abandonnaient pas la poursuite pour autant et leurs montures, mieux entraînées, fatiguaient moins vite.

– Ils atteignent la forêt, constata le chef des soldats. Battez les flancs ! Ils ne doivent pas nous échapper.

Les fuyards disparurent entre les arbres et les gardes les perdirent de vue quelques instants. Ils s'engagèrent cependant à leur suite dans la forêt...

– Tu les vois ?

– Chut !

– … Ils arrivent ?

– Allez-vous cesser de jacasser ! s'énerva Torelle.

La jeune fille venait d'escalader sans peine un rocher haut d'une bonne vingtaine de pieds. Son corps épousait le sommet comme l'aurait fait un serpent ou un fauve aux aguets. De là-haut, elle apercevait le chemin que ses compagnons et elle venaient d'emprunter pour entrer dans la forêt.

Un bruit de sabots résonna, accompagné du cliquetis des armures.

Garwalf et Arthur se turent. Dissimulés derrière la roche levée, ils caressaient les chevaux qui devaient à tout prix rester calmes.

Le vacarme s'intensifia et Torelle retint son souffle. Garwalf et Arthur posèrent leurs mains sur la bouche des chevaux.

– Pressez-vous ! hurla le chef des soldats. Il me les faut morts ou vifs !

Il passa au galop sans se retourner, suivi par ses hommes.

– Dix, compta Torelle. Le compte y est !

Le groupe d'hommes en armes continua de s'enfoncer dans la forêt d'Halequin et Arthur réitéra sa question :

– Alors ? Ils sont partis ?

Torelle se laissa glisser jusqu'à la moitié du rocher et sauta à terre avec souplesse.

– Ces imbéciles ont tellement peur d'affronter la colère du roi s'ils échouent dans leur mission, qu'ils foncent tête baissée comme des boucs, se moqua-t-elle.

– Nous voilà débarrassés d'eux pour un bon moment, approuva Garwalf.

– Ils ne ressortiront peut-être jamais de la forêt, renchérit Arthur.

Les trois compagnons se félicitèrent de l'excellent tour qu'ils venaient de jouer aux gardes de Vassor. Ils n'en demeuraient pas moins dans une situation délicate.

– Le roi va mettre notre tête à prix dans tout le pays, prédit Arthur. Il n'y aura plus un endroit où nous serons tranquilles.

– Impossible de retourner à Forcelor pour l'instant, reconnut Torelle. C'est dommage, car j'y ai quelques connaissances qui auraient pu nous aider.

– Et c'est sûrement là-bas que se cache cette traîtresse de Vialyne, enragea Garwalf.

– À mon avis, elle est déjà loin avec son complice, ajouta Arthur.

– Nous avons des choses plus importantes à penser, coupa Torelle. Il faut trouver un abri pour la nuit. Et de l'eau pour nos chevaux et pour nous.

– Ma mère nous a donné une gourde de vin, si tu as soif, lui rappela Arthur

– Je ne songeais pas à boire, mais à me laver, précisa Torelle.

Arthur rougit. C'est vrai qu'un bon bain n'aurait pas été superflu.

Les aventuriers se remirent en selle. Garwalf et Torelle partageaient toujours le même cheval.

– Suivons la lisière de la forêt à travers bois, proposa Arthur. Nous finirons bien par trouver un autre chemin sans risquer de recroiser les gardes.

C'était sans conteste la meilleure solution.

Les deux chevaux avançaient au pas et se frayaient un passage entre les arbres, les vieux troncs couchés sur le sol et les jeunes pousses pressées de grandir pour trouver un peu de lumière.

Le soleil se couchait lentement sur Halequin. Les ombres s'étiraient, se mêlaient jusqu'à former un immense tapis noir.

– Ne soyez pas inquiets pour vos soldes, dit Arthur. Je vous paierai dès que ce malentendu avec mon père sera dissipé.

– Pour Mardi-lardier, plaisanta Garwalf.

– Bien avant... Je l'espère, lui assura le chevalier.

Arthur continuait d'ouvrir le chemin. Garwalf sentit la poitrine de Torelle appuyer contre son dos. La jeune aventurière lui souffla à l'oreille.

– Penses-tu toujours à ta douce demoiselle ?

– J'aimerais lui tordre le cou pour s'être moquée de nous, répondit Garwalf.

Torelle sourit.

Un sourire plutôt satisfait.

– Je peux poser ma tête sur ton épaule ? demanda-t-elle. Le sommeil me rejoint.

– B... Bien... sûr, bafouilla Garwalf.

Les chevaux retrouveraient bientôt un chemin qui les

conduirait plus loin dans la forêt d'Halequin.

En attendant, Arthur oubliait parfois de se baisser, et quand une branche basse lui frappait le nez, il sortait son épée et la coupait avec bravoure.

Garwalf le suivait sans mot dire.

Il bougeait le moins possible.

Il respirait silencieusement pour éviter de réveiller Torelle, qui venait de s'endormir contre son épaule.

La nuit tombait sur Halequin et les premiers ulûlûlares entamaient leur chant nocturne.

31.
SORGHO N'EST JAMAIS LOIN

Au plus profond de la forêt, Sorgho se faufilait entre les ronces et les racines. Il glissait sur les rochers plats et bondissait au-dessus des souches. Seuls les animaux et les nuitons pouvaient se déplacer dans ces enchevêtrements végétaux.

Il s'engouffra dans un buisson d'ajoncs percé de quelques menhirs dressés vers la lune. Un chemin parsemé de crottes de lapins se dessinait entre les branches épineuses. Sorgho le suivit un instant et arriva devant l'une des pierres, qui mesurait dix fois sa taille.

Un petit monticule de terre coiffé d'un bâton fourchu, sur lequel était posé un chapeau en pointe, s'élevait au pied du roc.

Un chapeau qui aurait pu être celui de Sorgho.

Mais c'était celui de son frère.

Le nuiton s'approcha de la tombe. Il arrangea les cailloux disposés autour. Les lapins étaient si maladroits. Puis il ôta de sa ceinture la plume noire arrachée au derrière de la galafre et la coinça dans le ruban du chapeau.

– Un cadeau pour ton anniversaire, frérot, murmura-t-il. Cette sale bête a reçu une bonne leçon. Tu peux me croire.

Il s'apprêtait à raconter toute son aventure à son frère. Il venait souvent lui parler quand il se sentait seul. Et il se sentait souvent seul.

– J'ai rencontré un drôle de chevalier, une jolie fille sans bras et un jeune garçon plus poilu qu'un ours...

Sorgho dut s'arrêter là. Un engoulevent décrivait des cercles au-dessus de lui. Il leva la tête et l'oiseau aux ailes pointues se posa au sommet de la pierre.

Le nuiton connaissait le langage des animaux nocturnes. Il répondit aux signes de tête que lui adressait l'oiseau. Ce dernier émit quelques piaillements qui ressemblaient à un rire.

– Un chevalier, un jeune garçon et une fille sans bras, répéta Sorgho pour lui-même... Ils sont revenus plus tôt que prévu.

Il échangea une plaisanterie avec l'engoulevent. L'oiseau appréciait l'humour et renchérit immédiatement. Il apprit à Sorgho que le chevalier était tombé la tête la première dans une bauge de coches korônes. Même si les bains de boue sont recommandés pour soulager les rhumatismes, le noble cavalier n'avait pas apprécié cette mésaventure.

– Ces trois-là auraient bien besoin de mon aide pour survivre dans la forêt d'Halequin, songea le nuiton à haute voix.

Il remercia l'oiseau pour ces informations.

L'engoulevent agita encore la tête et s'envola.

– Frérot, dit Sorgho, je dois te laisser. J'ai quelques connaissances à secourir. J'espère que tu ne m'en voudras pas.

Le vent agita la plume accrochée au chapeau.

Sorgho avait déjà disparu.

Il courait entre les ronces et les racines.

Il glissait sur les pierres plates et bondissait au-dessus des vieilles souches.

Dans le ciel, l'engoulevent lui montrait le chemin.

LEXIQUE

Halequin : « Halequin » ou « Helequin » (XIIᵉ siècle) désigne un feu follet, un diablotin ou même Satan. Ce sont les hommes (de Papemort et Forcelor) qui ont baptisé la forêt ainsi.

Attifer : Rendre beau et élégant (XIIIᵉ siècle)... Et au XVᵉ siècle ce sont les fabricants de perruques que l'on nomme « attifeurs » car ils savent « attifer » leurs clients avec goût ! Parfois, on est content de vivre à notre époque !

Bagouler : C'est un mélange de « bavarder » et de « gole », « gosier » qui donne naissance à ce mot au XVᵉ siècle. On dit aujourd'hui encore de quelqu'un qui parle inconsidérément qu'il a du « bagout ».

Baraterie : Mot issu, comme « barateuse », du verbe « barater » (XIIᵉ siècle), qui signifie tromper. C'est l'origine de nos baratins et baratinages. En revanche, il n'a pas de lien avec la baratte, qui vient pourtant du nom « barate » (XIIᵉ siècle) et désigne l'agitation. Ce n'est donc pas parce qu'on est doué pour le baratin qu'on est capable de transformer le lait en beurre !

Barateuse : voir « baraterie ». Menteuse.

Barbelote : Je n'ai pas trouvé la relation entre ce mot et les grenouilles, mais c'est pourtant bien ce qu'il signifie au XIIe siècle. En tout cas, des « cuisses de barbelote », ça sonne bien !

Bastardon : Enfant né hors du mariage ou enfant illégitime (XIIe siècle), qui aurait été engendré sur le bât (« bast » en ancien français), cette selle en bois placée sur le dos des bêtes de somme pour transporter les fardeaux. Ce n'est vraiment pas un compliment...

Bastoner : Donner des coups de bâton (baston, au XIIe siècle). Aujourd'hui encore on utilise le mot « baston » en argot pour parler d'une bagarre, et le mot « bastonnade » pour une volée de coups de bâton.

Besague : (XIIe siècle) Hache d'armes dotée d'un côté tranchant et d'un autre pointu.

Bestiare : Mot dérivé de « bestiarie » (XIIe siècle), qui désigne les bêtes sauvages, par opposition à « bestail » qui est réservé aux animaux d'élevage (le bétail).

Bézoard : C'est le terme qui désigne, au XIVe siècle, une pierre supposée guérir des piqûres de vipères et autres venins.

Botteculer : Au XIIIe siècle, on le trouve avec un seul « t ».

L'origine est claire : « bote » (de boter), auquel on ajoute « cul ». Ce mot désigne la simple action de donner un coup de pied au derrière, mais aussi de pousser tout ce qui se trouve devant soi... ce qui donnera naissance au verbe bousculer !

Brancher : C'est pendre quelqu'un à une branche (XVIe siècle)... Une « coutume » heureusement abandonnée aujourd'hui.

Chantiser : (XIIe siècle) Fredonner. On trouve beaucoup d'autres mots construits sur la racine « chant » : chantefable (chant en vers et récit en prose), chanteplor (poète qui chante la douleur et la tristesse) et, mon préféré, chanteraine (l'endroit où chante la grenouille).

Charpir : (XIIIe siècle) Déchirer, mettre en pièces... Un verbe plein de poésie dont on retrouve aujourd'hui la racine dans l'expression réduire en charpie. Mais le verbe a disparu. Dommage, non ?

Chats-hurlants : Déformation du terme « Chat-huant », nom usuel de la chouette hulotte. Mais dans la forêt d'Halequin, les hulottes sont un peu plus imposantes et leur chants résonnent doublement. Pour cette raison, elles deviennent des chats-hurlants.

Chaudronneux : Mot inventé ! Garwalf est surnommé

ainsi simplement parce qu'il est chargé de préparer les repas... dans un chaudron !

Chocotte : Une autre façon de désigner les dents. On retrouve aussi ce mot dans l'expression « avoir les chocottes », peut-être parce qu'on claque des dents quand on a peur...

Circurgier : Mettre un pansement, panser (XIIe siècle).

Clapoire : On utilise ce mot, au XIV^e^siècle, pour désigner le clapier à lapins, mais aussi un lieu de débauche.

Coche korône : Sanglier particulièrement robuste. La première partie de ce nom est formée du mot « coche » (truie, au XIIIe siècle), la seconde est totalement inventée.

Contrepenser : (XIIe siècle) Ancêtre très lointain du verbe réfléchir ! Le préfixe « contre » est souvent utilisé en ancien français pour exprimer une idée d'opposition ou de comparaison : contrevaloir, contrefaire, contrefoi... et bien sûr contredire (Xe siècle).

Contrepoils : Ce qui ne va pas dans le sens du poil, une contrariété. Mot du XIIe siècle composé d'une racine latine et... Mais non, c'est une blague, j'ai complètement inventé ce terme !

Crabacier : Crever, écraser (XIe siècle)... encore un mot plein de tendresse !

Crabosse : Tête, caboche (XIVe siècle). Exigez désormais qu'on vous traite de « forte crabosse » ou de « crabosse de mule » !

Crevice : Armure constituée de bandes d'acier articulées. Au XIIIe siècle, ce terme désigne également l'écrevisse : on peut imaginer que la physionomie de l'animal a inspiré l'invention de cette armure...

Dindonner : Une invention inspirée par l'expression : « être le dindon de la farce ».

Embeso(i)gnier : Se charger d'une besogne, d'un travail (XIIe siècle). À la même époque, avec le préfixe « em », on trouve aussi embuschier (entrer dans le bois ou embusquer), empalir (devenir pâle), enmuler (mettre en meule) ou s'empimenter (se parfumer).

Empuanterie : Mot imaginé à partir du verbe « empulenter » (XIIe siècle).

Enventrer : Mettre dans (en) son ventre (XIIIe siècle), c'est-à-dire engloutir !... Un mot à réserver aux gourmands !

Esmochier : Verbe amusant formé de « moche » (mouche), qui signifie littéralement « chasser les mouches ». On trouve aussi « esmochoir » (chasse-mouches). Mais il prend ici le sens de « battre, maltraiter » (XIIe siècle). Beaucoup plus tard, on verra apparaître « amocher ».

Fagots (conter des) : Au XIIe siècle, « fagot » désigne des choses assemblées et liées ensemble (fagot de paille), mais aussi des contes burlesques – ces histoires sont peut-être si bien « fagotées » que tout le monde y croit. J'ai composé l'expression à partir de cette seconde définition, pour Nerdebeu, qui aimerait bien savoir si Arthur lui dit la vérité.

Farder : (XIIe siècle) Comme pour le fard (« farde », en ancien français) qui sert à masquer les défauts de la peau, le parchemin d'Arthur est fardaillié (barbouillé) de faussetés (mensonges) cachées. Ce mot donnera naissance à « fardaille » (contes, racontars).

Fondement : Au XIIe siècle, ce mot a plusieurs sens : fondation, base, fond... et par extension, il désigne aussi les fesses. Allez savoir pourquoi j'ai retenu ce dernier !

Forcelor : Nom inspiré du terme « forceler » (XIIIe siècle), qui désigne l'action de frauder, de détourner. Pour ce village peu fréquentable, l'origine du mot me semblait justifiée.

Fragone : Le lézard géant de Mortemain a le dos et la queue hérissés de piques, comme un « fragon » (XIIe siècle), un petit houx qui a inspiré le nom du monstre.

Fredouille : Ce mot désigne une invention, un mensonge… et c'est aussi un mot totalement inventé !

Froissier : (XIe siècle) Briser, fracasser, rompre… Verbe issu d'un mot latin qui signifie fragment : tout un programme !

Galafre : Oiseau de proie (XIIe siècle). Celle de Mortemain est particulièrement vorace !

Gargote : Le nom de ce serpent géant à l'appétit féroce est inspiré des mots « gargaite » « gargote » « gargueton » qui signifient gosier au XIIe siècle.

Garwalf : (XIIe siècle) Personne qui se transforme en loup les nuits de pleine lune ; un « gare-lou » devenu « loup-garou ». Garwalf est baptisé ainsi à cause de sa taille modeste, et surtout des poils qui recouvrent son corps à sa naissance.

Gashel : C'est ainsi que l'on désigne au XIIe siècle les marécages ou tout autre « bourbier ».

Gibbeuse : Ce mot s'applique à la lune lorsqu'elle est aux trois quarts pleine. Elle prend alors une allure bossue, et c'est justement le premier sens du mot gibbeux (qui a la forme d'une bosse).

Grafi(g)nier : Égratigner (XIIIe siècle)... Sachant qu'à l'époque les gens sont sans doute un peu moins douillets qu'aujourd'hui et qu'une main coupée est peut être considérée comme une simple « grafignure » !

Graillons (morceaux de) : Le mot existe de nos jours et désigne une odeur de graisse brûlée. Dans ma région, on l'utilise plutôt pour parler des restes d'aliments brûlés qui dégagent une odeur si particulière. Bref, tout ce qui colle à la poêle ou à la casserole ! Terme qui provient de «grail», nom de la grille de cheminée (fin du XIIe siècle).

Grunnire : Mot inspiré de «grognir», qui signifie grogner, gronder et qui prend au XIIIe siècle la forme latine : «grunnire». Le monstre des marais est donc devenu un grunnire hurlant.

Guef : On appelle ainsi au XIIIe siècle une chose perdue que personne ne réclame. Le château de Mortemain est dans ce cas, perdu dans la forêt, et personne, à part Arthur et ses compagnons, ne souhaite le trouver.

Hallebarde : (XIVe siècle) Arme double combinant la lance et la hache, qui permet de transpercer et trancher. Son efficacité est redoutable en cas de charge. Aujourd'hui, on ne trouve plus de hallebardes, à part dans les musées ou dans l'expression « Il pleut des hallebardes » (Il pleut à verse).

Huch(i)er : Crier, appeler, proclamer (XIIe siècle). Un peu plus tard, on trouve le nom « hucheor » qui désigne le crieur public.

Jamboier : Marcher à grands pas, en faisant de grandes enjambées (XIVe siècle).

Lande Garenne (La) : Lieu dont le nom est formé à partir du mot « garene », qui était, au XIe siècle, l'endroit où l'on gardait le gibier (réserve). Aujourd'hui, « garenne » désigne un attendrissant petit lapin qui gambade joyeusement dans les champs... pour le plus grand plaisir des chasseurs !

Ligote : Corde (XIIe siècle)... qui sert aussi à attacher quelqu'un ou quelque chose, d'où le verbe ligoter.

Malemort : (XIIIe siècle) Décrit une mort cruelle et particulièrement désagréable ! « Mal » est un préfixe couramment utilisé pour donner au mot auquel il est rattaché un sens péjoratif : « malvenu » (venu pour son malheur), « malgré » (ne pas trouver à son gré), « malpensée » (mauvaise pensée)...

Mardi-lardier : C'est le premier nom de Mardi-Gras. Aujourd'hui, on sort les crêpes et les gâteaux pour ce jour de fête, mais auparavant (XIIe siècle), on partageait plus volontiers un bon morceau de lard !

Moignage : J'ai inventé ce mot à partir du verbe « moignier» (XIe siècle) qui signifie couper, mutiler et de l'adjectif «moignon» qui désigne au XIIe siècle le mutilé, l'estropié. À Forcelor ou à Papemort, les handicaps sont nombreux et ceux qui sont « moigniés » n'ont souvent plus d'autre solution que de mendier. On ne parle pas encore d'intégration mais cela n'empêche toutefois pas Torelle de prouver, qu'avec ou sans bras, on reste toujours une personne à part entière !

Nuiton : (XIIe siècle) Lutin, luiton... C'est un lutin de la nuit comme Sorgho.

Oximel : Au XIIIe siècle, c'est un mélange d'eau, de miel et de vinaigre.

Pochetée (de gnomes) : Encore une invention ! Mot formé à partir de «poche»(XIIe siècle) qui désigne une bourse, un petit sac. «Une pochetée de gnomes» est donc une expression particulièrement injurieuse, puisqu'elle sous-entend que sept gnomes pourraient tenir dans un petit sac. Et quand on connaît leur susceptibilité...

Porée : Nom du poireau au XIIe siècle, mais aussi d'un plat, la porée blanche, une soupe de poireau aux amandes avec des morceaux d'échine de porc. Ce potage pouvait être très épais, comme une potée : c'était souvent le seul plat du repas.

Punaisie (sac à) : Se dit d'un lieu ou d'un être dont l'odeur est vraiment très désagréable. (Pas seulement une petite odeur de transpiration, mais une véritable grosse puanteur). Notre punaise des bois, qui empeste si on l'écrase, doit d'ailleurs son nom à ce mot du XIIe siècle.

Rapineur : Adjectif formé à partir du nom féminin « rapine » (XIIe siècle) qui désigne l'action de voler, de dérober. À l'époque, on appelle aussi « Rapine » une sorte de redevance, de taxe que les gens doivent payer...
Avec un peu d'imagination, on pourrait facilement remettre ce terme au goût du jour, non ?

Renardise : Ruse, tromperie (XIIIe siècle)... L'image de filou du renard ne date pas d'hier !

Repostaille : Un mot du XIIe siècle qui désigne une cachette, un endroit tranquille... et dans la forêt d'Halequin, quand on a la chance d'en trouver un, il vaut mieux en profiter !

Ricochets (faire des) : Désigne une série de questions et de réponses sans fin, une certaine répartie. La discussion rebondit… comme le fait le caillou lancé sur l'eau !

Rigot : Si un jour vous avez la chance de voyager dans le temps et qu'à peine débarqué au XIIIe siècle on vous tend un seau en vous disant : « Hé, toi ! Va au rigot ! »… Ne vous fâchez pas, on vous demande simplement d'aller chercher de l'eau au ruisseau.

Rujement : Rugissement (XIIe siècle).

Soflerie : Nom féminin, formé à partir du verbe « sofler » (souffler), qui désigne le vent. Arthur n'hésite pas à dire que c'est une « soflerie » qui le fait claquer des dents : quel menteur !

Talemasche : (XIIIe siècle) Obscurité. C'est dans le noir complet que vivent ces sortes de nains. Leur peau est blanche et leurs yeux démesurés. Leur bouche est munie de dents particulièrement acérées et ces horribles créatures dévorent tout ce qui entre dans leur grotte !

Terremote : Mot très ancien (XIe siècle) qui désigne un tremblement de terre. Il est particulièrement bien adapté au personnage de Terremote-le-fou, non ?

Tisoner (le poil) : Garwalf menace de mettre le feu au pelage du grunnire. Tisoner est un verbe du XIIIe siècle formé à partir du nom «tison» (XIIe siècle), désignant aujourd'hui encore un morceau de bois en partie brûlé.

Torchonnerie : Inutile d'éplucher les dictionnaires, ce mot est inventé. Mais si quelqu'un prétend que votre cahier est un torchon, n'hésitez pas à lui préciser qu'il s'agit plutôt d'une torchonnerie... en espérant que ce trait d'humour vous permette de bénéficier d'un peu d'indulgence.

Torpied (torpié) : Au XIIIe siècle, on a parfois recours aux torpiés, c'est-à-dire aux crocs-en-jambe. Ce mot n'a pas fait carrière, mais la technique est restée vraisemblablement la même !

Toster : Griller, rôtir, brûler (XIIe siècle). Ce mot a donné naissance à «toast» en Angleterre (pain grillé) avant de revenir en France et de prendre un sens supplémentaire : «Porter un toast» (brève allocution invitant à boire à la santé de quelqu'un).

Trançoner : (XIIe siècle) Tailler en pièces, couper en tranches («trançons»)... Si quelqu'un promet de vous trançoner, prenez vos jambes à votre cou !

Ulûlûlare : Nom inventé, dont les sonorités s'inspirent du hululement des chouettes.

Venimer : Formé à partir du nom « venim » (début XIIe siècle), ce verbe signifie : envenimer, empoisonner.

Ventosité : Inspiré de l'adjectif « venteux » XIIe siècle), utilisé pour désigner ce qui produit de la flatuosité (ex. une colique venteuse). On dirait plutôt aujourd'hui un gaz intestinal ou, en langage familier, tout simplement un pet !

Ventrailles : Construit à partir de « ventre » (XIe siècle), « ventrailles » (XIIe siècle) s'intéresse au contenu... Il désigne les intestins, les entrailles. Au XIIIe siècle apparaît « enventrer », qui signifie dévorer, engloutir.

Vesse : Au XIIIe siècle, ce nom désigne précisément un gaz qui sort du corps sans bruit. En clair, il s'agit d'un pet silencieux mais néanmoins nauséabond. On retrouve aujourd'hui ce mot dans « vesse-de-loup », le nom d'un champignon creux qui laisse échapper un nuage de poussière (spores) lorsqu'on appuie dessus... la touche romantique qui manquait à l'automne !

Vestaille : On nomme ainsi les vêtements au XIIe siècle. Essayez aujourd'hui d'entrer dans un magasin de fringues branchées en disant : « Holà, gent commerçant, trouvez-moi quelque vestaille qui sied à ma taille ! », vous ne passerez pas inaperçu !

Vipre : Vipère, tout simplement (XIIIe siècle). Mais il existe un autre mot, plus ancien, « guivre » (XIe siècle), qui s'applique à la fois à l'animal et à un javelot en forme de serpent.

MARC CANTIN, L'AUTEUR

Marc Cantin est né en 1967 à Lamballe (22). Il a commencé par s'intéresser à la musique et il a joué de la guitare durant plusieurs années dans un groupe au nom étrange : « Argh » (Prononcez « Aaaargh » !).
Au terme de succès très sporadiques dans le monde du show business breton, il a créé avec quelques amis un fanzine de BD au nom également étrange : « Atchouum ! Le journal qui répond à vos souhaits. »

Après ces premières expériences (et quelques autres tout aussi étranges), il a travaillé plusieurs années avec des personnes étranges qui se déplaçaient en fauteuil roulant... mais qui ne semblaient pas tristes pour autant ; elles avaient même beaucoup d'humour ! Ce qui, au départ, peut paraître très étrange.

Enfin, un peu fatigué par toutes ces aventures étranges, il a décidé de trouver un métier plus reposant et il est devenu écrivain ! Depuis 1995, il invente donc des histoires, parfois étranges, pour les enfants et les adolescents : Et il adore ça !... Son métier est devenu son passe-temps favori ! (encore une chose étrange...)

Sinon, il se promène dans la forêt avec ses enfants, organise des tournois de judo sur le tapis du salon, de monstrueuses batailles de noyaux d'olives à table, prépare des piles de crêpes le mercredi et est incapable de lire un livre sans changer la moitié des mots !... Ce qui est, concédons-le, relativement étrange.

Les journées de Marc Cantin sont donc en général assez bien remplies, et quand il lui reste un peu de temps... il dort !

Et ça, c'est normal !

Les 3 raisons qui faisaient de Jean-Emmanuel Vermot-Desroches le dessinateur idéal pour illustrer Les Maléfices d'Halequin...

1 Parce que c'est un homme jeune, en pleine possession de ses moyens.

2 Parce qu'il n'hésite pas à remettre son travail en question.

3 Parce qu'il a rencontré les personnages.

JEAN-EMMANUEL VERMOT-DESROCHES, L'ILLUSTRATEUR

Jean-Emmanuel Vermot-Desroches est né en 1974 à Marseille. Il y a grandi, vécu et étudié les sciences dans un premier temps. Mais il change radicalement de cap et s'inscrit aux beaux-arts d'Angoulême où il se consacre au dessin et à la bande dessinée. Ses études terminées, il fait quelques expériences professionnelles, dans le dessin animé, et au sein de l'équipe de rédaction du site internet, Coconinno-World.com. C'est là qu'il fait la rencontre de Joann Sfar, co-scénariste de la série de bd Donjon. Joann lui propose de dessiner un épisode de cette saga : voilà Jean-Emmanuel véritablement lancé dans la carrière de dessinateur professionnel. Depuis cet album, « La nuit du tombeur » aux éditions Delcourt, réalisé en 2002, il a illustré plusieurs récits jeunesse aux éditions Nathan et Bayard.

<u>*Petite bibliographie*</u> *:*

« La nuit du tombeur » (série « Donjon », éditions Delcourt)
« Gare au lapin » de Pascal Hérault, éditions Nathan (coll. « Pleine Lune »)
« Bienvenue à Syberium » de Fabrice Colin, (in « Dlire » déc. 2003, éditions Bayard)
« Le passe-Muraille » d'après une nouvelle de Marcel Aymé, (in « Je Bouquine », fév. 2004 - éditions Bayard)

Les Maléfices d'Halequin

EXTRAIT DU TOME 2

Quedondi n'était guère plus grande que ses cousins les nuitons, mais, contrairement aux marmous nocturnes, elle supportait parfaitement la lumière du jour. Pour autant, la lutine ne se privait pas de longues siestes durant la journée… Ainsi, en cette fin de matinée, sous un soleil perçant de ses longs traits dorés l'épaisse forêt d'Halequin, elle rejoignait tranquillement son lieu de repos favori. Quedondi se déplaçait sans bruit en prenant garde de ne pas remuer la tête, afin de ne pas brinquebaler la clochette accrochée à son bonnet. Ce n'était pas le moment d'attirer l'attention de quelque bête gourmande, qui aurait ensuite profité de son sommeil pour l'avaler.

Forte de ces précautions, la lutine s'arrêta au pied d'un jeune hêtre, dont le tronc se séparait à mi-hauteur en trois branches généreusement feuillues. C'est dans cette fourche qu'elle se laissait aller à ses meilleurs ensommeillements ; elle l'avait garnie

d'un confortable matelas de mousse, frais et moelleux, tandis que le feuillage, dense autour du cœur de l'arbre, tamisait agréablement la lumière et la protégeait des regards indiscrets.
Quedondi jeta un œil à droite, puis à gauche, ôta son bonnet, le roula en boule et le glissa à sa ceinture comme d'autres y auraient rangé leur arme. Avec un brin d'herbe, elle attacha ses longs cheveux bouclés et entreprit d'escalader le tronc. Ses doigts, d'une finesse fragile, s'accrochaient à la moindre aspérité de l'écorce, pourtant lisse en apparence. Ses pieds, protégés par des bottes pointues, profitaient des mêmes appuis et la lutine atteignit rapidement la naissance de la ramure, avant de disparaître entre les feuilles.
– Oooâââ ! bâilla-t-elle en retrouvant sa couche. Je ne vais pas faire la longue à rejoindre le pays des songeries.
D'un caractère plutôt solitaire, Quedondi se parlait souvent. Elle se complimentait, s'encourageait, se critiquait parfois, mais finissait toujours par tomber d'accord avec elle-même. C'était incontestablement l'avantage de ces discussions.
Elle se cala dans l'empreinte de son corps creusée dans la mousse, témoignage de ses siestes précédentes, et baissa ses paupières embellies de longs cils dorés.
– Voilà bien le meilleur moment de l'existence, murmura-t-elle.
Puis elle s'endormit…
Enfin, plus exactement, elle commença à s'endormir.
Bercée par le chant mélodieux des oiseaux et le bruissement plaisant des feuilles, elle cédait aux bienfaits d'un roupillon

réparateur quand des craquements réveillèrent son attention. La lutine rouvrit un œil.

Il ne s'agissait certainement pas d'un animal, car ces derniers se déplaçaient avec précaution, surtout lorsqu'ils étaient à la recherche d'une proie... Aux bruits de branches cassées se mêla bientôt le son mat de pas lourds.

– Des hommes ? s'étonna Quedondi. Que viennent-ils encore rapiner par ici ?

La lutine ne tenait pas la gent humaine en grande estime. Elle considérait qu'Halequin n'était en rien un territoire pour ces aventuriers ; ils ne mettaient les pieds dans la forêt que dans le but de s'enrichir, s'attaquant sans hésiter au premier être vivant qui possédait un bien valant fortune à leurs yeux. Leur présence en ces terrages, déjà riches en querelles, ne présageait jamais rien de bon.

L'écho des pas s'amplifia. Quedondi se redressa. Les secousses se ressentaient jusqu'à la fourche de l'arbre.

– S'il s'agit d'hommes, ils sont au moins cinquante ! marmonna-t-elle.

Prudente, elle s'apprêtait à sortir son bonnet : sa clochette était sa meilleure arme, et nul ne pouvait y résister. Mais au même instant, elle aperçut cinq silhouettes trapues entre les arbres.

– Des torns, chuchota-t-elle. Des torns barbaroz. Que font-ils si loin de chez eux ?

Quedondi, comme la plupart des petits êtres qui peuplaient la forêt, était une véritable fouille-pot de nature. Son inlassable curiosité lui avait déjà joué pas mal de tours, mais dès qu'un mystère se présentait, elle brûlait du désir de l'éclaircir au plus vite. Et aujourd'hui, c'était le cas. Les torns barbaroz vivaient au nord de la forêt, au-delà du désert de Follet et des grottes aux talemasches ; d'habitude, ils ne quittaient jamais leur contrée. La lutine se considéra donc témoin d'un curieux événement... Elle se devait d'en savoir davantage.

Par chance, les cinq formes se dirigeaient vers l'arbre où elle se cachait. Certaine de ne pas être repérée par ces balourds, Quedondi laissa son bonnet à sa ceinture et releva le museau, dans l'espoir d'apprendre quelque nouveauté au passage des monstres...

Bien qu'elle fût rompue aux sauvageries de la vie, la vue des torns lui souleva le cœur. Leur face hideuse passait encore, leur mâchoire proéminente et leur sourire carnassier aussi. En revanche, ils dégageaient une insupportable odeur de charogne avariée, prouvant que leurs contacts avec l'eau se limitaient aux jours de pluie. Les torns empestaient abusivement et fouettaient les narines à la mesure de leur corpulence : ils étaient une fois et demie plus grands que des humains et leur musculature était incomparablement plus développée. Quedondi se boucha le nez sans renoncer à ses observations. Les torns ne semblaient pas inquiets : ce n'était donc pas un ennemi, un dragon ou un ogre, qui les poursuivait et les avait chassés de leur territoire. De plus, ils portaient tous une besace, preuve qu'ils avaient organisé leur voyage.

– Arrêtons-nous, ordonna celui qui marchait en tête.
Son allure fière et son âge, il avait au moins vingt ans, ne laissaient aucun doute sur son statut de chef.
– Groumf ! approuva le second.
– Groumf ! répétèrent les suivants.
Le chef saisit le tronc du jeune hêtre dans son énorme poigne. L'arbre, assez souple pour ne pas rompre, se courba dans une plainte aiguë, jusqu'à ce que ses feuilles les plus hautes touchent le sol. Tapie dans sa cachette, Quedondi s'accrocha à la mousse et se retrouva dans une position délicate, la tête en bas.
Le chef des torns posa son gros derrière sur l'arbre tordu et, se trouvant à son aise, s'adressa à ses compagnons assis en demi-cercle devant lui :
– J'espère, Jör, que nous n'aurons pas à regretter d'avoir quitté notre territoire.
Le plus jeune et le plus frêle des torns gratta son poitrail velu, signe d'une grande nervosité :
– Je... Je-je... Je n'ai rien fabulé, Kürn, affirma-t-il d'une voix juvénile et mal assurée. J'ai seulement répété ce que m'avait dit la galafre.
– Et depuis quand les oiseaux bagoulent-ils ? grogna le chef.
– Je... Je ne sais pas, assura Jör. Mais celui-ci parlait pour de bon. C'était le messager du sorcelier... Celui qui loge au château du Guef. Son maître a promis la fortune à quiconque rejoindrait son armée.
Kürn acquiesça. Il n'était toujours pas convaincu par les expli-

cations de Jör, mais il avait décidé de s'en contenter. Ces dernières années s'étaient révélées difficiles pour les torns barbaroz. Ils avaient essayé, en vain, d'envahir la cité des gnomes, puis, pour oublier leur déconvenue, s'étaient attaqués à la forteresse des elfes, sans plus de succès. Aujourd'hui, ce peuple belliqueux se remettait doucement des combats et une majorité de torns préférait même chasser, pêcher ou vivre paisiblement dans leur village plutôt que de s'engager dans d'autres pillages. Ils étaient de moins en moins nombreux à vouloir mener une existence de nobles barbares. Heureusement, Kürn comptait encore quelques fidèles, et l'offre d'engagement colportée par Jör représentait une chance inespérée. Ainsi, ses hommes et lui reviendraient couverts d'or et de victuailles et prouveraient à leur peuple qu'un torn, un authentique torn, n'est pas fait pour vivre en paix mais pour estourbir, calotter et s'approprier le bien d'autrui.

Seulement, Jör était un puceau et cette histoire de galafre bagouleuse ressemblait à un amuse-fol :

– Si jamais tu n'as pas abouché avec cet oiseau comme tu le prétends, je te brancherai moi-même au bout d'une solide corde, prévint Kürn.

Jör, dans une nouvelle salve de bégaiements, persista dans ses affirmations : la galafre avait dit mot pour mot ce qu'il avait répété à Kürn.

– Nous allons bientôt le savoir, conclut le chef des torns. Nous ne sommes plus très loin du château du Guef. En route !

Ses grosses fesses glissèrent sur le côté du tronc et il se releva brusquement. Le jeune arbre, libéré de sa charge, se déplia à la façon d'une catapulte. Quedondi n'eut pas le temps de crier et s'envola dans les airs, accrochée à sa paillasse en mousse.
Ni Kürn, ni Jör, ni les autres torns ne virent la lutine s'élever dans les airs au-dessus de leur tête, battre des bras comme un oisillon sans plumes, avant de redescendre en piqué vers le sol.
Ils reprirent leur route, droit devant, crabaciant et botteculant tout ce qui se trouvait sur leur passage.

Les bruits que l'on entendait d'ordinaire au château du Guef se résumaient aux cris rauques d'une galafre, aux flatulences sonores d'une fragone et aux incantations rageuses de Mortemain. Ce qui n'est déjà pas si mal. Mais depuis quelque temps, les choses avaient changé : le domaine du sorcelier d'Halequin résonnait comme une place de marché. Des tentes rapidement construites avec des piquets et des peaux d'ours ou de loups envahissaient la cour, tandis que des jurons, des grognements, des hurlements et l'écho de rots tonnerruesques se mêlaient au vacarme des forgerons, aux grincements de charrettes, dans une cacophonie insupportable. Ougrelins, maritornes nordiques, nains viloneux, toute la pouillerie d'Halequin semblait réunie autour de la tenance de Mortemain.
Le sorcelier sortait justement de son donjon, sa main métallique férocement levée :
– Tombel ! appela-t-il. TOMBEL !

De cette foule d'êtres étranges, aux physiques plus chaotiques les uns que les autres, se dégagea une silhouette humaine. Assurément le pire des hommes ! Il était vêtu de noir des bottes à la tête. Et quelle tête ! Une cagoule de cuir la recouvrait presque entièrement, ne dévoilant que deux pupilles reptiliennes, un nez de fouine et une bouche au sourire sournois. Tombel portait une bisague dont le tranchant et la pointe, étincelants, étaient parfaitement affûtés. Ces indices ne laissaient aucun doute sur les sordides qualités de cet humain : il s'agissait d'un bourreau de la meilleure expérience.

– Tout va selon vos souhaits, seigneur Mortemain ! annonça Tombel avec fierté.

Le sorcelier salua son bras droit, à qui il avait confié la charge de son armée. Tombel possédait de solides références : le roi Vassor l'avait condamné à mort suite à un malentendu sur le bien-fondé de construire une nouvelle potence et, plus généralement, pour ses excès. En effet, l'ancien exécuteur des hautes œuvres de Papemort avait pris pour fâcheuse habitude, en l'absence de malfaiteurs à décapiter, d'ôter la tête à de pauvres innocents. De toute évidence, l'homme aimait tailler la besogne, et cette qualité n'avait pas laissé Mortemain insensible. Le bourreau s'était enfui dans la forêt pour échapper à Vassor, mais il n'était resté que quelques jours à chercher tanière avant d'être accueilli au château du Guef.

– Alors, Tombel, combien de soldats mon armée compte-t-elle aujourd'hui ? demanda Mortemain.

– Nous avons recruté huit nains viloneux, trente-quatre ougrelins et douze maritornes nordiques. Ce qui nous donne un total de... de...

Pour ce trancheur de tête, anombrer chaque groupe de soldats relevait déjà de l'exploit. Mais les additionner tenait du miracle.

– Cinquante-quatre, l'aida Mortemain.

– C'est cela ! Et j'attends encore... Ah ! Les voici justement.

Deux ougrelins tiraient les lourdes portes qui protégeaient l'entrée du château. Cinq torns barbaroz apparurent, méfiants et nerveux.

– Votre galafre m'avait annoncé leur arrivée, expliqua Tombel. À ce qu'on dit, ce sont de redoutables combattants.

– Parfait ! déclara Mortemain. Notre armée est maintenant assez nombreuse pour passer à la seconde étape de mon plan. Le recrutement est terminé.

À suivre...

TABLE DES MATIÈRES

Dépôt légal : janvier 2005
N° éditeur : 10120976
Imprimé en France
par Mame Imprimeurs à Tours (n°04122005)

UN ULÛLÛLARE

UN GRUNNIRE

SORGHO

FAUCHELOR

VIALYNE

GARWALF

TORELLE

ARTHUR DE BALDAQUIN